岭南万户皆春色

Targeted poverty alleviation in Guangdong

广东精准扶贫纪实

丁燕／著

SPM
南方出版传媒
广东人民出版社
·广州·

图书在版编目（CIP）数据

岭南万户皆春色 ：广东精准扶贫纪实 / 丁燕著． 一 广州 ：广东人民出版社，2020.10

ISBN 978-7-218-14390-3

Ⅰ．①岭… Ⅱ．①丁… Ⅲ．①报告文学—中国—当代Ⅳ．① I25

中国版本图书馆 CIP 数据核字（2020）第 129829 号

LINGNAN WANHU JIE CHUNSE: GUANGDONG JINGZHUN FUPIN JISHI

岭南万户皆春色：广东精准扶贫纪实

丁燕 著

出 版 人： 肖风华

选题策划： 段 洁

责任编辑： 刘 宇 马妮璐

责任技编： 吴彦斌 周星奎

装帧设计： 米屋工作室

出版发行： 广东人民出版社

地 址： 广州市海珠区新港西路 204 号 2 号楼（邮政编码：510300）

电 话：（020）85716809（总编室）

传 真：（020）85716872

网 址： http://www.gdpph.com

印 刷： 广东鹏腾宇文化创新有限公司

开 本： 787mm×1092mm 1/16

印 张： 16 **字 数：** 116 千

版 次： 2020 年 10 月第 1 版

印 次： 2020 年 10 月第 1 次印刷

定 价： 58.00 元

如发现印装质量问题，影响阅读，请与出版社（020-85716849）联系调换。

售书热线：（020）85716826

目录

序　幕
PROLOGUE

潮起珠江口

人不是干旱的子民，干旱的子民是各类沙漠。

人是湿润的子民。是湿润的海洋，湿润的江河，湿润的湖泊，湿润的坎儿井，湿润的细雨和雪花，哺育、喂养和滋润了它的子民。

有这样一条江——它发源于江西省信丰县，流经广东省南雄市、始兴县、曲江区、韶关市、英德市、清远市，在佛山市的三水区与西江相遇后，最终汇入南海。这条全长近 580 公里的大江，古时人称“溱水”，而现在，它却有多个称呼——从源头到韶关它被称为浈水和武水，在韶关之后它被称为北江，而在三水区之后它又被称为珠江。

珠江奔流不息，浩浩荡荡。是一股怎样的激情使然，让这条大江无往而不利，最终如一把利剑劈入南海？这条由北江、东江和西江汇聚而成的大江，是中国的第三条长河，也是中国南部最粗壮的一条血脉。和黄河之于黄土高原、长江之于江南水乡的重要性一样，珠江之于岭南大地实乃至关重要。珠江绝不只是一条流动的大江——珠江还为中国带来了“南方”这个词！珠江以自己的方式塑造了“南方”，影响了“南方”，最终，让“南方”的影响力蔓延至整个中华大地，乃至全世界。

珠江的重要性来自它由西向东运动时，对两岸所产生的压力，而这种压力又会不断地影响这些地区的地理、历史、经济、人文。当珠江以龙卷风般的威力席卷整个岭南时，它在入海口处形成了一个三角洲。这个名为珠江三角洲的地区，已和京津冀地区、长江三角洲地区一起，成为中国最为炽烈、活跃、激荡的三个核心地带。潮起潮落，风云变幻。珠江口的发展与变化，在改革开放这 40 多年里达到令世人惊叹的地步——在珠江三角洲两岸的城市群的土地面积不足全国的 1%，但却创造出了全国 GDP 的 13%！

那是一条江，那是一条不畏困难、勇往直前的大江！当最终进入南海时，涌起千堆雪般的滔天巨浪。原本，水珠是世间最微小、最柔弱、最稚嫩的事物，然而，当千万滴水珠汇聚在一起后，却爆发出惊人的能量，似乎能把一切障碍物推开，而创造出璀璨的奇迹。珠江是大自然赐予岭南的标志性“建筑”，就像珠穆朗玛峰代表着西藏，天山代表着新疆。生活在珠江两岸的人们，从古至今，无不从这条大江中获得食物、交易和信心；生活在珠江两岸的人们，从古至今，皆深谙珠江之习性，其行为举止自然和生活在平原或高原的人不同。这些大江、大河与大海的锻造，让他们更能适应变化，更具有创新意识，更勇于尝试“头啖汤”，更愿意“顶硬上”。

900 多年前，苏东坡留下了“岭南万户皆春色”的诗句；700 多年前，文天祥则留下了“零丁洋里叹零丁”的诗句；而在 1978 年 7 月，一家名为虎门手袋厂的企业出现在了广东省东莞市虎门镇，成为全中国第一个“三来一补”（来料加工、来料装配、来样加工和补偿贸易的简称）企业，就此拉开了中国改革开放的帷幕。40 多年砥砺前行，如今的中国，业已成为世界强国。且看，那座连接香港、珠海和澳门的港珠澳大桥，如巨龙般横跨伶仃洋，将中国人的自信与梦想点燃。如今，湾区经济已成为国家战略，而地处珠江三角洲的粤港澳大湾区，将被打造成国际一流湾区和世界级城市群，将成为中国市场经济最发达的地区，也将是实现中华民族伟大复兴的孵化器和助推器。

北江是珠江的儿子。远远望去，那条青灰暗绿的长带子，正裹着水浮莲一路向下。当它从河川间流过，从田野里穿过，从城市旁滑过时，显得格外轻巧曼妙。是的，大多数时候，北江能心平气和、循规蹈矩地向前涌动。然而，有那么一个时刻，这条江变得躁动不安起来，那些原本柔顺的液体像通了电般可怕。江水冲垮了河川上的堤坝，吞噬了田野里的庄稼，还淹到了城市建筑物的台阶上。经过一番较量，最终，江水又回到了自己的主航道，慢慢平复了心情，继续按原定路线前行。人们在收拾烂摊子时虽满嘴抱怨，但很快就原谅了它。和一时的暴怒相比，北江带来的礼物实在慷慨——鲥鱼、银鱼、青鱼、草鱼、鲶鱼、鳊鱼、条鱼、鲮鱼、唇鱼、赤眼鳟、卷口鱼、瓣结鱼、桂华鲮、黄尾密鲴……单是这江里的鱼儿就多得数不清，更别说其他宝贝。

临江而建的假日酒店，每天都会迎来一批批客人，尤其是那些坐着旅游大巴而来的中老年人。他们惊叹于江边橘红色的游艇、墨绿色的棕榈树、蔚蓝色的游泳池、纯白色的沙滩椅，继而发出一阵阵惊呼。傍晚时分，当你从一座小桥穿过北江时，看到桥身下延伸出一条栈道，有三四十米，两侧密密麻麻停泊着五六十艘小木船，船舱旁横七竖八地插着许多木杆。那些木船的体积很小——有的在船舱上架起一个拱棚，有的就那么赤裸着，像你在新疆南部叶尔羌河上看到的独木舟。你看不清船舱里到底装的是什么，只能看到一个个模糊的圆包袱堆在船尾，太阳早已落山，整个江面陷入浓黑。从酒店招牌处辐射而来的黄色光芒，让黝黑的江水泛出粼粼的波光，像是撒了一把碎珍珠。

凌晨时分，当你从酒店窗口向下俯瞰时，发现昨晚挤挤挨挨的木船已驶走了大半，只剩下零星的七八条。现在，那小船就像显微镜下的草履虫，细小的身子晃悠在青绿的水面上，充满童话色彩。那些夜晚你看到的木杆全都被拔了出来，放在船身两侧。你能看清船舱里的渔网和圆包，但看不到一个人。你不禁思忖起来——仅仅眺望，便像是隔着毛玻璃看世界，一切都显得朦胧而模糊。你要从楼上走下来，你要穿过镇子，你要进入村子，你要站在田间地头，才能看得更清，看得更多。

第一章

连樟村词典

连江口镇

这个名叫连江口的小镇，恰好位于清远市和英德市之间。当你从酒店窗口向下俯瞰时，你所目睹到的灰蓝色江面并不是连江，而是北江。你要从酒店楼下的沿江路——而不是货车轰隆的银英中路——出发，向北行走 20 分钟，才能看得到连江。连江古时被称为湟川，是北江的第一大支流，号称“小北江”。这条江发源于广东省连州市，流经连州、阳山、英德，在连江口镇汇入北江，浩浩荡荡 275 公里。当它毫不犹豫地跃入北江的怀抱后，两条江很快便融为一体。最终，接纳了连江的北江缓缓地从酒店楼下流过，也缓缓地从你的视线里流过；最终，这个两江交汇之处被称为连江口镇，总面积 300 多平方公里，总人口 3 万多。生活在这里的人们以说客家话为主，饮食以河鲜为主。

在镇子里转悠时，你的视野中总会出现大大小小的灯箱广告——张添娣个人诊所、李丽婚纱摄影、建文医药店、邓先迎牙科、廖勇家具商场、本地山坑螺、清远走地鸡、筒骨海鲜鸡、布带鸡粥、茶香乳鸽……这些店铺总会让你想起故乡。在新疆哈密市大十字街道上，也有挂着牌匾的店铺——古丽婚纱店、买买提修理部、艾买提包子店……你发现在连江口镇的店铺里，最为招摇的便是“河鲜酒家”——简直是小镇的金字招牌。爱民豪市场则位于小镇的中心地带，各个档口出售着各种货物，尤以河鲜、鸡、鸭、鹅的生意最为火爆。

“吃河鲜，到北江；最美味，在连江口。”连江口河鲜行紧挨着市场，是一块露天之地。在铁架子撑起的大棚下，摆着一个个塑料盆，盆内装着游动的小鱼。这里的地面湿漉漉的，泛着白色鱼鳞，沟里流着暗红色的血水。穿胶鞋的人们不是端着盆子倒水，就是从盆子里往外捞鱼。一位穿夹脚拖鞋的男子，从盆里抱出一条鱼——那鱼体形壮硕，用力地挣扎着。他将它摔在水泥路面上后，一位穿塑料拖鞋的女人走过来，将手里的木棍举起，对准鱼脑袋便敲了下去。起初，那鱼的尾巴还在她赤裸的脚踝旁扑腾，可很快，鱼尾巴便不再摆动。

到处都是鱼干。鱼干的种类之繁多，令你这个来自西北地区的人大为吃惊。那些小摊上用红底白字写着“鲶鱼干销售”，铁丝上则吊挂着切成方形、三角形、长条形的鱼干。在三轮摩托车的车斗内，摆放着一堆指头肚儿大小的鱼干。一位扎着马尾辫的女子熟练地拿起虾干放在嘴里咀嚼。她买这些干货并不是要自己吃，而是拉到广州的市场去卖。她说广州人很喜欢这里的鱼干，她便常年到这个档口取货。她是本地人，吃这里的鱼干长大的，所以只要嚼一口，便知道那鱼干到底好不好。

你在小镇已住了一段时间。每一次在街上漫步，都会引发一次强烈的情绪地震——时间好像在倒流，你好像又一次回到了童年时期，又一次回到了故乡哈密。你已忘记了一座城市作为胚胎时的模样，而现在，这个小镇便是那个胚胎。现在，小镇尚处于熟人社会向陌生人社会的转型时期。虽然这里的夜晚也亮着路灯，也有人群在晃动，也有店铺在开张，但这里离真正的城市尚有相当距离。这里的马路也算宽阔，但有的路面却坑坑洼洼。在小镇的街道两边，你没有看到那种统一规格的垃圾桶——人们将垃圾丢在一个个水桶里，而水桶的口就那样敞开着。柏油路的两侧，经常能看到一摊摊沙子和碎石块。你发现，街上到处都是半大的小孩——穿着T恤，踩着拖鞋，用铲子挖沙子，用棍子打石子。

这里的人们说“市场”时，特指那镇中心唯一的市场；说“超市”时，特指那镇中心唯一的超市。你站在市场入口处左右张望，确认此地便是小镇的中心。你发现这里最热闹的景象，便是十字路口卖水果的三轮车。车斗内那些红红绿绿的果子，甚是喜人。这里没有必胜客，也没有麦当劳、肯德基；这里没有喧嚣的音乐声，也没有旋转的霓虹灯；这里没有匆忙的脚步，也没有压力感和紧迫感。到了夜晚，当大货车消失后，很少有车辆从街面驶过。整个小镇陷入沉寂，异常安宁。行人们显得慢吞吞——男人们手提红色塑料袋，女人们推着婴儿车。只有那些穿着蓝白红校服的学生们，骑着自行车驶过，在转过弯道时像一群欢快的鱼儿。

某一天的夜晚，你看到一个惊骇的场景——有辆大卡车在路灯下驶过，那长方形的模样并不显得特别，但是在那个车斗里，装着满满一车的原木！那些木头一个挨一个，显得壮硕至极。是谁砍下了它们？它们要被送到哪里？它们为什么会出现在柏油路上？等你到达连樟村后才知晓——那些木头应该是镇子周围的村民们砍下来的，它们应该是被送去木材加工厂的。显然，连江口镇是一个充满城乡接合部味道的小镇。这里的种种细节都昭示着这样一个秘密——它和周边乡村有着千丝万缕的联系。虽然它已拥有了柏油路、市场、超市和车站，但是，它离真正的大城市依旧很远。

连樟村位于连江口镇东南面，连樟河像一条柔软的飘带，将一块块分散而袖珍的田地连缀起来。（摄影：韦继棠）

连樟村

在连江口镇的东南面有个小村，名为连樟村。这是个典型的岭南小村——清晨，当云雾缭绕在绿山坡的顶部时，山脚下那些黄泥黑瓦的屋子，就像一座座童话小屋。更为神奇的是，那云雾、那山坡和那屋子，全都倒映在山坡下的河流中。于是，山与河形成了一幅上下对称的完美图案，而处于正中部位的那些屋宇，则像一双大眼睛里的瞳孔。天空与河流分别在更高处与更低处，都是灰白色的，越发凸显出中间部位的重要性。如此和谐、静谧的一幅瑰丽图案，对于连樟村的人来说，不过是抬眼即见的平常景象。

你揣测，连樟村的“连”字应由“连江”而得；那么“樟”字呢？连樟在明代初期被称为“大瘴之地”，言其山林繁密，瘴气弥漫，缺少人烟。那么，是人们取“瘴”为“樟”，最终形成“连樟”二字的吗？瘴气是热带原始森林里动植物腐烂后生成的毒气。这种在山林间的湿热气体能使人丧失生命。《后汉书·南蛮传》有载：“南州水土温暑，加有瘴气，致死者十必四五。”瘴气并不是专指某一种病，而是包括了许多疾病。按照发病季节，瘴气可分为青草瘴、黄梅瘴、新禾瘴、黄茅瘴；按照症状的表现及性质可分为冷瘴、热瘴、哑瘴；按照植物命名可分为桂花瘴、菊花瘴；按照动物命名可分为孔雀瘴、蚯蚓瘴、黄蜂瘴。各路瘴气都是在清明节后发生，霜降节后收藏。当其发作的时候，有两种表现。一种是有形的——像云霞，也像浓雾；另一种是无形的——或腥风四起，或异香袭人。

对生活在大山里的人来说，进山是件非常重要的事，绝不可马虎大意。进山最好不要一大早，而要等到太阳出来以后。进山前的晚上要戒掉七情六欲。早晨，必须要吃饱饭，最好能喝几口苞谷酒，暖暖身子，壮壮阳气，方可抵抗瘴气。瘴气会挂在杂树间，若有若无，像丝带般缓缓流淌。一旦被人碰着，人的皮肤便会溃烂，面色会变得青黄，而十指则会发黑。严重时，说不定还会送命。夏天，即便是特别热——哪怕到了挥汗如雨的地步——也不能解开衣衫，当风取凉；晚上躺在家里，一定要关好门户——这些都是为了防止瘴气入侵。

总面积不过 31 平方公里的连樟村，模样像个襁褓，被四周绿茸茸的群山所环抱——它的林地面积有 4 万亩。连樟河从村东南流向村西北，像一条柔软的飘带，将一块块分散而袖珍的田地连缀起来——它的水田面积有 900 多亩。明崇祯年间（大约 17 世纪），有陆氏、邓氏、卢氏、林氏等姓氏陆续迁入此地；谢氏则是从佛岗烟岭迁到这里的。到 1940 年，这里被称为连樟乡。后来，又先后被称为连樟高级合作社、连樟大队、连樟村委会。

地理环境会影响人类生存方式的形成，也会培育出人的不同性格。连樟村人的性格，是由大山、河流及田地共同塑造而成。首先，他们是灵活的。因为没有大块的土地，农业收入有限，人们很早便懂得运用多种耕作方式来维生。他们既要会种地，又要会砍木头。在当农民和当小贩之间，他们灵活地转换自己的角色。其次，他们是坚韧的。相较于种地，上山去砍木头和麻竹笋则更为辛苦。山路不仅崎岖，且雨天越发泥泞，而且山中的蚊虫甚多，做起活来尤为艰辛。把木头和麻竹笋从山上运送下来，不仅是个体力活，还是个技术活，同时也是个高难度的危险活。这一切，都要求村民掌握更多的技能才能生存下来。最后，他们是质朴的。这里的人们生活虽然简单，但他们的情绪却很饱满。他们的最大愿望是能有一栋红砖房，能吃上白米饭，能让孩子们去上学，能有活计来维生。

山路曲曲折折，单是那从连江口镇到连樟村的 12 公里山路，便将小村变成了一个世外桃源。然而，小村虽然像桃源般遥远，但没有桃源般的富庶。这个凹陷在大山深处的村庄，一直都凹陷在可怕的“贫困陷阱”里。作为连江口镇唯一省定相对贫困村的连樟村下辖 17 个村民小组，因山多地少，很多人家的耕地面积不足 1 亩，所以村民的日子过得相当困顿。在 2016 年时，这个 2000 多人的小村中，尚有近 140 人未脱贫。然而，在新时期精准扶贫政策的指导下，到 2020 年，小村不仅所有的贫困户皆已脱贫，有些人家还走上致富的道路。

事实上，连樟村从来都不是一片所谓的世外桃源，它有着自己的冲突和危机，也有着自己的理想和希望。在这里，当气候、风光、土壤、可爱的人民等元素汇聚在一起时，再加上政策的引领，便绘制出一幅簇新的画卷——你在别的地方、别的时代从未看到过的。在这个小村里，寄托着人类文明的未来。这里的“未来”，绝不是指单纯的经济发展，也不是指科技、艺术等考究的文化形式，而是指不愁吃、不愁穿，保障义务教育、基本医疗和住房安全的人道精神；是指“全面小康路上一个都不能少，脱贫致富一个都不能落下”的平等精神，也是指构筑“人类命运共同体”的博爱思想。

在新时期精准扶贫政策的指导下，连樟村焕然一新，
2020 年小村所有的贫困户皆已脱贫。
（摄影：清远日报记者 邱炜民 ）

笑容

每天凌晨，当天色尚处于朦胧状态时，家在坳背村小组的陆奕和便戴上草帽，拿着砍刀进山。他要将一棵棵麻竹笋砍下来，再运下山卖掉，以此补贴家用。他还不满 50 岁，但面孔却显得异常沧桑。不，不是他的五官有什么问题——在那张四方脸上，是浓眉、细眼和高鼻梁，再配上厚唇，是个端端正正的男人的模样。让他有些老相的原因，是他总是黑着脸，皱着眉，闷声闷气不爱说话。邻居们说："他一年都笑不了几次的！"他的脸总是冷冰冰的，像是黑夜里的一个小小局部；他的五官总是处于凝滞状态，故而面部表情显得僵硬而笨拙。要想从那张脸上榨出个笑容来，真能把人给累死。他像个藏在冷库里的人，四肢冻僵了，动作也冻僵了，所以，笑容从心尖爬到眼尾的速度极为缓慢。有时，那笑还没爬到半中腰，便因为放弃而跌回到原点。他不想笑，好像一笑，那些出现在脸上的纹路，就会在心里留下火辣辣的刺痛。于是，那张脸便在冷冷的拒绝里，发暗、发黑。

现在的他，像是走到风箱的中部，格外的尴尬和难受——父亲因年迈而行动不便，妻子因重病而致残，3 个孩子均在求学中——这是让他常年伤神、情绪低落的暗伤。希望就像蜡烛，就在他的眼前晃悠，但是，却被一阵风呼啦啦地给吹灭了，任凭他跺脚、叹息和悲凉。现在，这个家就像一间岌岌可危的黄泥土屋，而他就是那屋里最重要的大梁；现在，他得抵押上自己的所有时间、技能和劳作，才能让这屋子不至于在摇晃中坍塌。他是这个家管事的家长，也是这个家出力的长工——无论大事或小事，地里的事或家里的事，都得由他的肩膀来扛。妻子看着他辛苦，但帮不上忙，只能让泪珠往手背上砸；老父亲只是一口一口地叹着气，叹的是那种老年人的长气；而孩子们各个敛声屏息，小心翼翼，唯恐哪里做得不好，惹父亲生气。

事实上，一户人家的家境差，并不是因为那家人不努力、不勤劳、不聪明；更多的时候，是因为太多的不利因素刚好凑在了一起。现在，贫穷如烈焰上房，将这个家烧成了个破架子。若不是这个男人黑着脸咬着牙扛着，这里早已变成焦土一片。哀莫大于心死——这男人把自己的微笑关了禁闭，以此来惩罚自己。

其实，他一直处于害怕之中。他怕自己撑不住倒下去，那颗定时炸弹便会爆炸，而整个家便会就此坍塌。现在，作为家里的精神领袖，也是家里的唯一劳动力，他把自己所有的时间都榨干了——除了种地、上山砍麻竹笋外，他还到处打零工，什么苦活累活都咬着牙干。可是，即便忙得像陀螺般旋转，也只能让全家人勉强糊口。别说什么“致富”，他连把头上那顶“穷帽子”摘下来的勇气都没有。想想看！单靠他一人之力，怎么能扭转这个乾坤？况且，他已不再年轻，干起重活来越来越吃力；况且，父亲和妻子的身体也是越来越差，而越来越大的孩子们的开销也越来越大。他根本不敢想未来，一想便觉得心尖上挂着根铁丝，在一拉一推地让他生疼。当那疼辐射到脸上时，便形成了一团乌云，经久不散。原本，他就没打算当一个不平凡的人，然而后来，他慢慢才发现，要想当一个平凡的人也很不容易，因为他家的处境已处于普通人生活水准之下——在 2016 年时，他家被核定为贫困户。

就在他陷入伤心、绝望之际，一项新政策却如春风春雨，融化了他冰封的心田。在新时期精准扶贫政策的指导下，村里来了驻村扶贫工作队。工作队与企业联动，为贫困户提供分包管理竹山的就业机会。当他家又分到了 18 亩山地时，他有了脱贫的信心。2017 年，他家仅种麻竹笋和大棚蔬菜的收入就有 2 万多元，再加上他做散工的 1 万多元，以及低保金、残疾人补助和孩子们的教育补助，一年有 4 万多元的收入，日子便好了起来。虽然他依旧忙个不停，但肩上的担子显然轻了不少。

2018 年 10 月 23 日下午，当习近平总书记来到连樟村后，看到陆奕和的家是一栋 3 层的红砖房，宽敞的客厅里摆着木质沙发和茶几，柜子上是一台大屏幕电视。总书记拉着他的手，从扶贫政策的落实到家庭住房，再到他父亲的身体，以及孩子们的教育，一一询问，事事关心。当总书记得知他家的房子是在政府补助和个人筹资下新建的，连声称好。在整个聊天期间，总书记一直都握着陆奕和的手；而陆奕和则一直微笑着，微笑着。临行前，当总书记在村里发表讲话时，陆奕和就挤在人群中。当他听到“乡亲们一天不脱贫，我就一天放不下心来”时，脸上堆起了笑意；当他听到“产业扶贫是最直接、最有效的办法，也是增强贫困地区造血功能，帮助群众就地就业的长远之计”时，脸上的笑意越发浓烈；当他听到“我们在脱贫以后还要致富，还要走一个现代化的道路”时，脸上的笑容便彻底地绽放开来。

在总书记做客后，邻居们发现那个寡言的男人变得爱说、爱笑起来。他说：“总书记的手特别厚实，握着特别暖和。”他还说：“总书记问我，现在的政策好不好？我回答‘非常好’。”他陡然间有了勇气，居然向银行申请了5万元贷款，承包下了60亩毛竹山！他说：“我粗略地估算了一下，这片山地的年收入可到三四万元啊！”他感慨：“现在的扶贫政策实在好，可是脱贫首先要靠自己，勤劳才能致富，不好好干对不起自己，也对不起总书记。”陆奕和还是以前的那个陆奕和，但陆奕和又不是以前的那个陆奕和。他的身影越发忙碌——他弯腰进入大棚蔬菜基地，他在半山坡上挥刀砍笋，他在去灵芝公园打工的路上——但那张脸上却洋溢着藏不住的笑容。到2018年年底时，他家的年收入已接近10万元，是2016年以前的9倍多，彻底实现了脱贫。

2019年注定是不平凡的一年。元旦期间，当陆奕和在电视里听到习总书记在新年贺词中讲道“在广东清远连樟村，我和贫困户陆奕和交谈脱贫之计”时，眼圈一红，鼻子发酸。他对邻居们说：“那一刻，我感觉很温暖，很激动，很开心。”这一年，陆奕和过得更加忙碌——白天，他要种地、砍笋和打工；晚上，他还参加了电工培训班——这可都是实实在在的忙碌，没有掺一点儿假。这一年的日子像春竹拔节，嗖嗖地往上长。他思忖着说："2019年虽然毛竹笋的价格低，但靠着加工厂的收购，倒也不愁销路。特别是在农村电网建好以后，企业也愿意在我们这里投资建厂。我有信心在2019年实现收入翻番。"他和朋友们合作承包了3亩地，准备种植药材，想走创业致富的道路。到这年年底，他家的年收入已超过11万元。他说："请总书记放心，我已实现脱贫，还要努力奔小康。"

邻居们突然发现，那个面孔发黑、隐忍罕言的男人，脸色已不再是黑暗的一个小小局部。劈面相逢后，那张脸会绽放出一个满满的、超额的笑容。他的两眼放着晶光，释放出热辣辣的温度。他主动地打着招呼，遣词造句相当顺溜，表情亦相当坦然。他说："现在，我砍起竹笋来更有劲儿了。"

2020年初，陆奕和入职连樟村乡村振兴学院，负责保安工作。
（摄影：清远日报记者 邱炜民）

陆氏

一个人姓什么，在城市生活中似乎并不重要，然而在乡村生活中，却至关重要——姓几乎可以算得上乡村生活的身份证！只有拥有了这个证明，你才能在一个庞大的集体中有一个合适的位置。在村民们看来，姓是神圣的，不能够随便更改。一个人若是改了姓——无论出于何种原因——都会遭到村民们的鄙夷。姓氏是根本，是源头，是一切的开始。如果改了姓，就意味着忘了本。同样，过继来的孩子永远都会感觉低人一等——你的血液里流淌的不是正宗的、嫡亲的、祖宗的血液。

你在连樟村里碰到的那些人，无论男女，不管胖瘦，看起来都各不相同，然而，那明晃晃的“陆”字，却昭示着他们之间有着相同的秘密基因。在别处，“陆”是一个极为普通的姓氏，然而在连樟村，“陆”却是一个大姓。在村里漫步，随便一聊天，三个人中就有两个姓陆的。在村里姓“陆”，便意味着你一出生就拥有了很多亲戚。不管你喜欢还是不喜欢，这些人都会深入地参与到你的日常生活中来。那么，第一个到达连樟村的陆姓之人是谁？他（她）是何种原因来到这大山深处？一切都不得而知。现在，“陆”这个姓氏变成了一个谜。现在，姓陆的人已如星星之火，燎原了整个村庄。每个姓陆的人身上都流淌着先祖的血液，那么，每一个姓陆的人都长得很相似吗？答案似乎是否定的。

陆姓的由来有多种说法，其中之一是，相传吴回在帝尧时任火神祝融，他的儿子名终，因为在陆乡一带，所以叫陆终。他的后世有的就以陆为姓，称陆氏。另一种说法是，战国时期齐宣王少子田通受封于平原县陆乡，因以得姓。还有一种说法——春秋时有一国名为陆浑国，公元前 525 年被晋国所灭。灭国之后的遗民便以陆为姓。到东汉时，陆氏已是江东大姓，人才辈出，因此有“天下陆氏出吴郡”的说法。随着人口不断外迁，到两宋时，陆氏已遍布全国。至今，我国陆姓人数已达 420 余万人，是百家姓中的大姓。分布在广东、江苏、浙江、广西和上海的陆姓人口，占全国陆姓人口的 65%。陆氏中较为著名的人有陆机、陆羽和陆游。

到 2019 年时，陆飞庭已是 72 岁的老人。他一个人过了一辈子。在尝试了很多职业后，他最终选定了养蜜蜂。这一养，就养了 30 年。他熟悉村里的每一条小道，熟悉道路上遇到的每一个人。他家的门总是敞开着，时不时有邻居过来聊天。他的日子并不寂寞：“周围都是同一个姓的，都是亲戚。”他笑起来时还有点少年的羞涩，“村里所有的人都互相认识，谁讲了假话大家都知道。”

乡村是个熟人社会，所有的人都能绕着弯攀上亲属关系；而城市是陌生人的世界，在商住小区里住上 30 年，未必知道对门是干什么的。处于熟人社会中的人，虽然不会感到寂寞，但却没有隐私；城市生活就像大海，每个人在“扑通”一声中跳了进去，之后便各顾各的，很少有心思关注他人。城市生活未必就比乡村生活更舒适，但这个风尚却势不可当——越来越多的农民来到了城市。

连樟村村民陆飞庭的后半生只干了一件事：养蜜蜂。
（左为陆飞庭，右为作者）

水田

地是村里人的命根子。没了地的农民叫什么农民！事实上，每一块田地都有其归属，甚至是那些没有种上庄稼、长着茅草的荒地。为了地，两个同姓之人可以吵起来。为了地，一个弱女子可以跳起脚来骂人。村民们嘴里常挂的“地”，大多是指“水田”，而“水田”则特指那种“围有田埂，用以蓄水种稻的耕地”。在《后汉书·马援传》中记载：“开导水田，劝以耕牧，郡中乐业。”唐朝王维在《积雨辋川庄作》中写道：“漠漠水田飞白鹭，阴阴夏木啭黄鹂。”章炳麟在《訄书·定版籍》中写道：“围田多壅遏沼泽为之，今则遍以称水田。”

那些水田看起来一块又一块，没有规则地拼贴在河道边。但是，连樟村的人却把自己的地都记得格外清楚。如果有人在那女人的田里挖了泥而没有打招呼，她会跺着脚咒骂起来；而那个男人一直念念叨叨的，就是“他的田不见了”——他说他的地承包出去时量的是 8.8 分，可他明明记得是 1.2 亩。他瞪大了眼睛——“另外的 4 分到哪里去了？”

连樟村人的主食是大米，所以几乎家家户户都会种水稻。即便现在买米已很方便，但人们还是喜欢吃自己种的。那些因米少而靠喝粥度日的记忆，深深地印刻在他们的脑海中。现在，成熟的稻田会让人们的内心获得一种安慰，那安慰是一切美好的根基所在。10月底，稻田里又黄又绿，稻穗又沉又甸。一块块稻田像一块块镜子，镶嵌在小溪旁的原野里，成为秋天最炫目的色块。这些稻田里埋藏着连樟村人内心的隐秘，而那个暗疾，是没有挨过饿的人所不能理解的。种植水稻不仅仅是为了维持生计，更是一种习惯，也是一种审美。村里的田地过于破碎，所以稻子的产量并不高，只够自己吃，几乎没有多余的可以拿去卖。即便拿去卖，也卖不出什么高价。但是第二年，人们往地里撒稻种时，心里依旧涌动着一股古老的冲动。

饭和粥可不是简单的两个字，完全是天上和地下的含义。吃饭就是吃白米饭，吃干干的白米饭，那是多么惬意的美事！粥算什么东西——软乎乎的，虽然喝下去一碗粥能让肚腩滚圆，但不出两个小时，又会饿得两眼发绿，变得像狼一样敏锐，汗毛倒立。在连樟村人看来，最好的日子就是一天三顿都能吃上饭——干干的白米饭。

村民将丰收的蔬菜经过加工晾晒在竹竿上，成为蓝天下亮丽的风景线。（摄影：韦继棠）

出去

连樟村人在路上见面后会询问对方——“出去吗？”若在连江口镇相互碰到，他们便会询问——“进去吗？”“出去”指的是从村里到镇里，而“进去”指的是从镇里到村里。这两个动词的前面和后面都省去了地名，因为那地名对人们来说都心知肚明，所以无须赘述。因为这条山路是唯一的，山路两头的地点也是唯一的；因为是唯一的，所以没什么其他选项会来干扰，所以人们就选择了使用省略句。

事实上，“出去”和“进去”是一个钱币的正反两面——没有A便没有B。两者相辅相成。“出去”暴露了连樟村的位置，表明了它的地理边界——小村位于大山深处，需要通过“出去”才能与整个世界联系起来。连樟村人的目的地是连江口镇，但对他们来说，那也是“出去”，因为那是个和故乡完全不一样的世界。这种创举的意义，堪比西北人“走西口”，山东人“闯关东”，广东人“下南洋”。

一个人一旦有了“出去”的念头，便有了想去看看另一个不同世界的念头。即便仅仅只有12公里，但若想要走出去，也需发一番宏愿，经一番挣扎，最终才能成行。外面永远具有吸引力。然而，外面也永远不像自己设想得那样美好，所以才有了另一个词的诞生：“进去”。进去就是归家，就是重返那熟悉之地，就是想念村里的清新空气和熟稔的人际关系。于是，你又不远万里地“进去”了。

事实上，没有“出去”就没有“进去”——它们是事物的阴阳两面，既矛盾又统一。阳兮阴所倚，阴兮阳所伏。一个人只有在离开家乡后，才能真正懂得家乡的含义。当连樟村人离开村子走到大山外之后，他们看到了什么？听到了什么？感受到了什么？如果他们不说，别人便无从所知。然而，大家都知道的是，即便外面的世界很精彩，但还是有很多人选择了“进去”。第二次踏进同一条河流后，你的目光会变得完全不同——你曾经十分厌弃的那些田野，那条河流，那片山林，陡然间又充满魔力。

山路就在那里。即便以前它是坑坑洼洼的黄土路，后来铺上了石子，现在又铺上了沥青，可它说到底还是一条路。路的模样发生了改变，但路的距离——那可恨的12公里——并没有缩短1厘米。这条路的形状像一条歪歪扭扭的绳子，总让人想入非非。有些人幻想着“出去”后会有另一种好日子等待着，但是，看到陆国练“出去”后又回来了，他们的步伐便有些犹豫。

60岁的陆国练看起来还相当年轻——脸色黝黑，五官很周正，眼神也格外机敏。他的身材虽然适中，但精瘦而灵活。他喜欢爽朗地大笑——那种幅度特别大的笑，堪称百分之百的大笑。他一张嘴说话，你便发现了他的不同——那是一口非常标准的普通话；你同时还发现，他说话时用词活泛。原来，他曾经“出去”过。

1983 年，陆国练一个人离开连樟村，和韶关的一个女人结了婚。但在 5 年后，他又一个人回到了村里。他坦言自己曾有过儿子，但离婚时却判给了女方。他将婚姻失败的原因归结给大山。“我们村属于山区，一道山坡连着另一道山坡。因为路不好走，所以干什么都很困难。”他陷入回忆时眉头皱得更紧，“那个时候，家里的生活特别贫困！”他有 5 兄妹，加上父母和嫂子们，吃饭时要围成一圈。他将胳膊用力一挥，“那个时候的日子是，今天没活干，明天没饭吃！”他深深地叹了一口气，“那个时候，每一天都过得很累。”

在陆国练看来，“那个时候”和现在，完全是地下和天上。是的，那个时候！那个时候，如果连樟村不是被大山包裹，如果从村子到镇上的山路没有那么崎岖漫长，如果在村子里就能找到挣钱的门路，他还会不会“出去”呢？离开连樟村就意味着离开故乡，离开自己熟悉的地方。无论是到韶关还是到别的地方，都意味着离开了自己的根基。

那个时候，当别人向他介绍韶关女子时，他不是没有犹豫过。他是男人，五官端正，好手好脚。想着想着，他就觉得满心委屈，满心别扭。然而，他想“出去”的愿望是那样强烈。他花了 30 元钱就办完了婚礼，让全村人艳羡不已，且成为那段时间的重点谈资。谁能想到，5 年后的一天，他甩着两只手又回来了。陆国练再次出现在山坡上、小河边和木头堆前。干活的时候，他的嗓门很大，笑声很响亮——但也仅仅如此而已。看起来，他并没有什么变化，但这之后，他却再也没有结婚。他绝口不提那 5 年的经历，而只是用“女强人很难搞的”这句话概括了过往。显然，在这个男人心里，那 5 年时间就像一座地窖，被深深地埋在心底。那个小小的空间里，没有窗户，逼仄而寒冷。

1988 年，当陆国练回到村里后，下决心要改变自己的穷日子。他在田里种了水稻。虽然他的田不多，但种水稻相当麻烦——买肥料和农药都要花钱，田间管理还要花时间。忙碌一年，收获的稻谷只够糊口，要想有钱还得找别的门路。他四处望望——除了从山里讨生路外，别无他法。虽然他有 3 块山地，但到山里去并不是一件容易的事——即便是最近的一块山地，骑摩托车也要 10 分钟，最远的那块要 40 分钟。山地以前种的是砂糖橘，后来又改种了麻竹笋。

山路又高又陡，平时走起来都很困难，如果遇到下雨天便更是费劲。在山上砍木头是件极费力的事，但比砍木头更闹心的是运木头。将一截粗细不匀的木头，费力地塞到车斗中，再小心地顺着山路弯下来，脑袋里的神经绷得和钢丝一样。这样劳作一天后，会浑身发累，太阳穴发疼。然而，即便是小心再小心，有一次，他还是翻了车。仰面跌倒后，他感觉眼前一黑，头脑乱成一团，神志变得模糊，好像天要塌下来一般。在那极其古怪的一刻，他感觉蜗居在肉身里的灵魂像是离开了一会儿，但是等他挣扎着爬起来时，那灵魂又回来了。

他喘着大气，心跳如敲鼓，将自己上上下下打量了一遍，确认依旧好手好脚。这个时候到来的疼痛感，让他惊喜交加，像是受到了温馨的爱抚。是的，他是那个被爱的人！是的，他并没有被抛弃！他的鼻孔一酸，眼窝变得湿乎乎。他感慨自己比邓春活的丈夫幸运——她的男人开着拖拉机到山上拉木头，翻车后便再也没能从地上爬起来。每个遇到他的人都关切地询问："怎么样？有没有事？"他大大咧咧地笑着，用力摆摆手。

从韶关回来后，他一直都没有再找老婆。他总是阴差阳错地和女人分开了。晃晃悠悠，一眨眼，很多年过去了，他还是一个人。虽然他整天乐呵呵地忙来忙去，但显然，一个人干活还是比不上两个人一起干。虽然他手脚勤快，什么苦活、累活都愿意干，但日子还是过得不富裕。在扶贫干部的推荐下，他当起了村里的"交通劝导员"，一个月能挣 3000 元。他在这个村子长大，对村里的每一条路都烂熟于心，所以这个活很适合他。遇上村里搞大的庆祝活动，来来往往的车辆扭结成团时，他会忙前忙后地指挥车辆，疏导人群，模样既严肃又认真。他知道这个工作得来不易，所以干得尽心尽力。

他知道自己是那个被爱的人，他知道自己并没有被抛下。忙碌一天回到家中，他躺到床上时还在盘算——明天要干点什么。藏在他心底里的那个小地窖，慢慢地不见了。在这个村子里，有的人手脚不灵便，有的人脑子不灵光，他虽然只是一个人，但什么都很灵光。这样一比，他便觉得自己很幸福。田里的稻子需要他，山上的麻竹笋需要他，往来的车辆需要他，众人在喧哗时也需要他。于是，他带着满意的笑容合上了眼皮，即刻安眠。第二天，他活蹦乱跳的样子，像是一条水里的大鱼。

如今连樟村建起扶贫车间，为村民提供就业机会，村民不用背井离乡外出打工。（摄影：清远日报记者 陈平生）

山路

从连樟村到连江口镇，开车需要 20 分钟左右。从 2019 年开始，村里开通了公交车“乡村振兴号”——起点是连樟村，终点是英德市，途经连江口镇。早上 7 点发车，晚上 6 点半收车，视情况适时合理调度运行班次，共 15 个站点，全长 40 公里，行驶 1 小时，票价从 2 元到 13 元不等。

对你来说，山是一个观察物。你感觉大山如此壮美，勾连起一幅绝妙的图景，就像你曾在油画或国画里见过的那样。然而，对于居住在连樟村的人来说，山不仅是一座高耸的“建筑物”，还是一个巨大的屏障，让山里人走到外面去变得异常困难。当这些天然屏风阻挡住人们的视线时，人们渴望离开的想法便越发强烈。然而，每当他们来到外面看了一通后，便又逃回了大山，再次蜗居起来。大山就像造物主修建的城墙——虽然你走出去很困难，但外来的威胁似乎也很难进入；同时，大山还是连樟村人的生产资料。村里的人走进大山，就像渔民出海，农民种地，作家打开电脑。不论是男人还是女人，进山后都会变得异常敏捷。他们在山上跑来跑去，像从一处商场到另一处商场那样自然、轻松。

但你对山路却异常陌生。你看到那些蛇形小道就在那里，弯弯曲曲，看到开头看不到结尾。当你迈开了第一步后，第二步便紧接着跟了上来。你就这样一直向前走，一直向前走。突然，展现在眼前的天空让你吃了一惊——那空白的瓷片离你是那样近，几乎伸手可触。天空之下是山坡，那麻竹笋就左一根右一根地插在曲线之上。你听到了小溪的潺潺声，简直不敢相信自己的耳朵——你发现溪水的声音居然是重叠的。是的！那从山顶向山坡蜿蜒而下的溪水，正在表演双重奏——高音夹杂着低音，低音又簇拥着高音。你朝小溪走得更近一点。在一片绿茸茸的茅草滩上，你看到了一两片跃动的翅膀，像女人的裙摆被风撩起。

原来，是两只蝴蝶阻止了你的脚步。一只是黑色的大蝴蝶，飞得很低；另一只是米色的小蝴蝶，飞得很高。它们一前一后，扰乱着你的视线，阻挡着你的步伐。越往山里走，山林便显得越密，阴影也便越厚，蚊虫也便越多。一片片细长的麻竹笋叶重叠在地上，让你的脚底发出刺啦刺啦的响动。竹林所形成的这个空间，弥漫着一股神秘的味道。你怀疑有两个隐士正在深处比武。山上并不安静——竹叶左右摇摆，像是按某种旋律在舞蹈。时间在这里突然变得缓慢起来。当这些时间流入你的瞳孔时，它变成了独属于你的、私人的、内在的时间。你知道，最终，你会离开这座山，但你的瞳孔会带走这一刻的时间。山不再是无形的、不准确的事物，而是有着斑点、气味和蝴蝶的特殊物质。现在，你走进了山的内部，尝试着将它的深处看得更清楚。

陆伙秋已年满 89 岁。她的身形看起来非常瘦小，且头发全部雪白。在她的面孔上，皱纹以刀刻的方式出现——额头和鼻梁上是长长短短的横纹，而眼角是深刻的鱼尾纹，整个下巴处则是密密麻麻的小网格。她实在是太瘦了——眼窝和两颊深深地下陷着。她相当热情——紧紧地握着你的手，让力量从指尖传递出来。她握的时间实在是太久，根本不愿松开。看得出来，她喜欢有人和她聊天。她的牙齿几乎掉光了，说话时还有些漏风，但她非常爱笑。从她眼睛里射出的光芒，依旧清澈而明亮。她的个头不到 1.6 米，穿着红黑相间的上衣和碎花裤子，赤脚踩着黑色胶鞋。她的双手非常粗大，和她整个身形不成比例——那简直是 1.8 米的人才能拥有的双手。那双手皮肤黝黑，骨节粗大，应该干过很多农活。

在她看来，连樟村最大的变化就是山路。她陷入回忆——17 岁那年，当她从西坑村小组嫁到塘汪村小组时，在山路上走了一个多小时。那时的山路弯弯曲曲，两旁长着茂盛的野草，一不小心就会滚到沟里，十分危险。那天好在没下雨，真是老天赏脸。而现在，山路变得宽了许多，还铺上了柏油。从西坑到塘汪，开车只需要 5 分钟。

她慨叹："那个时候的日子真是苦！"她的婚房是一栋泥土房，一日三餐都喝粥，半斤猪肉能过个年。然而，她并不怕过穷苦日子。打 7 岁开始，她就帮家里人干农活，所以，她早已习惯用野菜、野果和米糠填肚子。那个时候，大米是最金贵的东西。她到山上帮人担柴，要担够 100 捆才能换来三小杯大米。因为山路弯弯，所以去村里开会时要自己带米、带菜和带柴——大家要在开会的地方自己做饭吃。那些没有带菜和米的人，可以分到一小块豆腐乳。“只有一小块啊！”那个时候，从村里走到连江口镇，走得快也要花 4 个小时。“现在的人是吃糖水长大的啊！”说完这句话，她爽朗地大笑起来。她的 3 个儿子都已成家，现在，她跟着小儿子卢新发过日子。有时候，孙女从城里回来时，会给她买几袋奶粉——“甜啊！”

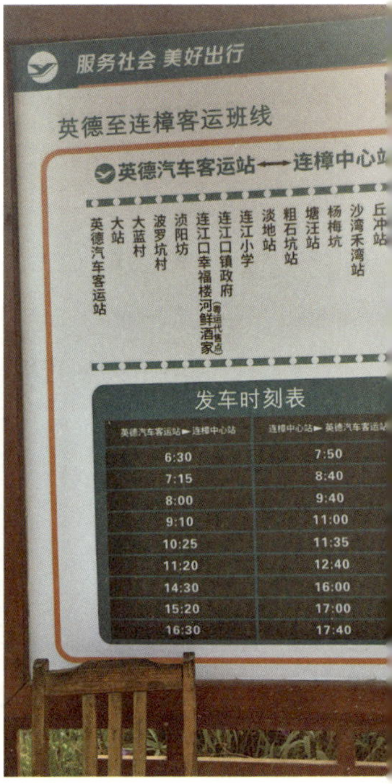

连樟村已开通了公交车，村民往日靠步行走出大山需要 4 个小时，如今坐公交车出山只需 20 分钟，出行极为方便。

变化

在连樟村，你能看到两种不同类型的房子交错出现——老式的黄泥土屋和新式的白色小楼。现在，多数人已搬进楼房，而土屋被当作厨房或库房。村民们说："过去，村里是晴天一身灰，雨天一身泥，现在铺上了柏油路，亮起了路灯，村子变美了。"你来到这个大山深处的小村，是在2019年的10月。秋高气爽，微风沁凉。一群大妈们正在田里劳动——头戴草帽，身穿花格衬衣，胳膊上套着袖套，黑裤子扎在长筒雨靴里。只见她们手里的长柄锄头在不停刨动，而那田埂的两侧丛生着茂密的花圃，那田埂的后方挺立着青翠的大山。那些正在劳作的人们，像是活动在一幅水墨画中。你从田埂边走过，闻到了一股特殊的土腥味——那是你自童年起就非常熟悉的味道。

这两年，连樟村的变化是实实在在的——村民们的房子差不多都翻修一新；村里的泥巴路全都变成了硬底的水泥路；路灯从山脚下一直亮到村中央；文化中心、体育广场和星级厕所也建了起来；村里的水、电、网络通信等基础设施也得到了完善。你来到了这个村的村委会办公室——那是栋单独的小楼，白色与棕红色相间的墙面看着很普通，但那块牌匾格外醒目：连樟村党群服务中心。一楼的大厅宽敞而整洁，柜台上可以办理各种事务，而那台由清远市政务服务数据管理局赠送的机器——政务服务一体机，则让村民们大开眼界。只要刷一下身份证，就能在机子上办理 6 大类、100 多项业务。有了这台机器，村民们再也不用到 40 公里外的市区去办事。在二楼的墙面上，贴着一行大字——“产业兴旺 生态宜居 乡风文明 治理有效 生活富裕”。

每天早上 6 点半，当校车准时停靠在连樟村的村口时，村民陆奕标和女儿都会准时地出现在那里。看到孩子上车后，父亲便挥挥手。女儿要去的学校在 10 公里外。“以前没有校车，孩子上学可是个大难题。”现在，校车穿过平坦的柏油路来到村里，解决了家长们的最大难题。除了平安校车外，英德市还通过保险功能与扶贫工作相结合的方式，在医疗住房、交通教育等方面进行补充保险，为建档立卡贫困户提供全面保障。

随着精准扶贫政策的覆盖，村里那个闲置的校舍被改造成扶贫玩具车间，让村民们有了“不用出门便可打工”的机会。总投资约 4000 万元的碧桂园现代农业科技示范园，新建 70 多亩大棚，定制樱桃番茄、美月西瓜、哈密瓜等多个果蔬品种。这个示范园采用的是世界领先的温室环境控制及水肥一体化系统，对整个粤北区域现代设施农业都有带动作用，还可促进产业结构优化升级，产业与农户利益联结。村民因土地流转而获得一部分收益，还可进入示范园务工，完成从农民向产业工人，再向小股东的转变。2017 年，这个基地卖出蔬菜 5 万多斤，收入 8.6 万多元。在基地种植及务工的

12 户贫困户，户均增收近 5000 元；村里还发展了 1500 亩金橘水果等种植项目，17 个村小组的 300 多户农家参与；村里还建设起茶产业深加工高科技示范园，力促主导产业先行发展。

村民丘慧玲和丈夫一直在外地打工。听说了国家的扶贫政策后，两人便商量着回村发展。2019 年，丈夫在家里种了 500 棵砂糖橘，而妻子就在碧桂园现代农业科技示范园上班，日子过得有滋有味。陆长标是一名“80 后”。他从广州回到家乡后，种植了 100 多亩当地农特产马古（益肾子）。他显得干劲十足：“现在的变化是以前无法想象的。这里是生我、养我的地方，我觉得回到家乡能创出一番事业。”

连樟村与农业龙头企业合作，建成现代农业科技示范园，
村民不仅可学到种植技术，还能得到务工收入。
（摄影：清远日报记者 江元威）

花生

在种植了水稻之后，连樟村的村民还会再种植花生，因为花生可以榨油，而大米和清油则是生活的必需品。花生长在地里时看起来很平常，像辣椒或茄子那般。然而，当你用力拽着绿色枝干往上拔后，便会看到根须上连缀着一颗颗圆乎乎的宝贝——花生！连樟村的花生个头并不大，只比绿豆稍微大一点，但格外饱满。

在连江口镇临街的铺面上，有很多榨油的小作坊。那些白色的塑料桶中，装的就是花生油——金黄色看着让人格外欣喜。在每一个桶上都用黑色的笔写着姓氏——或者是“朱”，或者是“陈”。卢新发已快50岁了，可笑起来的时候还很腼腆。坐在油坊门前，他正安静地等待着。透过身上那红蓝白相间的短袖T恤、黑裤子和黑鞋能看出，他身量不高，格外精瘦。他那裸露在外的胳膊虽然纤细，但双手格外粗壮：掌幅宽阔、骨骼粗大、骨节明显。他的皮肤并不是特别黝黑，脸上也没有太多的皱纹，五官显得相当清秀，然而，他的双眼和两颊都深深地凹陷了下去，令你大惊——他实在是瘦得有些过分。更奇怪的是，你好像在哪里见过他。陡然间，你想起了那个89岁的老太太。哦，这个小儿子和母亲长得确实很像。

榨油坊的店主是个胳膊浑圆的小伙子，穿着黑色T恤和牛仔裤——你发现，在城里相当普及的牛仔裤，连樟村人却很少穿——拎着一瓶矿泉水递给他的客人，并将碗里炒熟的花生也塞了过来。卢新发从那堆黄白相间的珍珠中捻起一粒，丢进嘴里，细细品味。嗯！刚炒出来的花生就是香！这是个多么惬意的过程——春天，他在自己那仅有的1亩地里播种；秋天，他如期收获。他带着那些宝贝来到镇上，看着它们在被蒸熟、炒干后榨成金黄色的液体。在家里炒菜时，他往铁锅里倒油时内心很是笃定——他全程参与了花生油的制作过程——这油绝对健康。

榨花生油的过程并不复杂——将花生从袋里倒进竹筐中，再搬到大秤上，电子屏幕即刻显现出重量。店家将那个数字报给顾客后，顾客点头表示认可。花生先放进一个半米高的粗壮木桶——连樟村的木匠陆奕罗十分擅长做这种圆木桶——蒸到半熟后，再将花生放进大铁锅中炒干——那铁锅不是一般的家用铁锅，而是在锅的上方安装了一个装置，能让铁铲状的物体在大锅里旋转，自动翻炒锅内的花生。炒熟的花生从灶台侧旁的闸口倾泻而出，全部落入大箩筐中。将花生倒入榨油机后，能看到一个神奇的分离过程——机器前端的口中会吐出一些渣滓，像一片片揉皱的纸张，又像一片片削下来的鱼肉，灰白色中暗含着许多棕黄色的小颗粒；机器侧旁的口中流出的液体，刚好被一个大铁桶接住。那液体里混合着土黄色的碎渣和白色泡沫。这些液体要经过沉淀和过滤后，才会变成金黄色的花生油。

你发现连樟村人过的生活是属于诗歌的——充满了抒情意味；而更多的人过的生活是属于小说的——充满了悬疑意味。城里人可以轻易地从超市买来一桶油——无论是花生油、菜籽油或色拉油——但他不知道这桶油的原料生长在哪个地区的哪块土地上，种植作物的人长得什么模样，作物在生长过程中遭遇了怎样的风霜雨雪……不，这个漫长的过程对他来讲全都是空白。现代化的生活将他浓缩成一个简单的消费者，在超市的出口处掏出手机一刷，便成了那桶油的主人。然而，在他和那桶油之间，却充满了各种悬疑。于是，小说家诞生了。小说家是一种特殊的职业——当他洞悉到人们内心充满了疑惑后，便决心为这些疑惑寻找答案。只有在现代生活中才会诞生小说家，而在传统生活里，到处都拥挤着诗人。

针蜂

针蜂又叫果实蝇，外形与苍蝇类似，但要比苍蝇小，全身是金黄色的，带有黑色斑纹。针蜂繁殖迅速，对水果的危害很大，被称为水果的“头号杀手”——成虫会将卵产在果实内部，而幼虫便在果实内部蛀食，造成果实腐烂和落果。鹰嘴桃的口感甘甜而多汁，爽脆而可口，是广东省内比较好吃的水果之一，含有多种氨基酸、维生素、粗纤维及微量元素，可滋润肠胃，防治缺铁性贫血。这种水果对女性有着独一无二的作用——可补益气血，养阴生津。鹰嘴桃的产量极低，一年中只有 15 到 20 天的品尝期。鹰嘴桃对产地极为挑剔，只有在粤北地区种植的鹰嘴桃才算得上正宗，而清远产的鹰嘴桃，可谓“仅有一处，别无二家”。

在 2015 年之前，卢新发还不知道针蜂的厉害。这一年，他栽种了 300 棵鹰嘴桃树，满心满意地期待桃子能带来一笔收入。然而，等桃子挂果要成熟时，他却发现果子一个个掉在了地上。原来，有种害虫叫针蜂，特别喜欢吃甜的东西。当果子被针蜂刺过后，便会腐烂和落果。从那个时候起，卢新发便开始留意与针蜂有关的知识，总结了不少与之斗争的经验。

其实，灭杀针蜂可以从不同方面入手——可以破坏针蜂的越冬场所。针蜂冬季会寄生在落果、树下土壤和枯树皮上。在秋季清园时，一定要清理落果、枯树皮和深翻土壤。冬季要灌水 2 至 3 次，并撒上生石灰，消灭幼虫；在针蜂高峰期时，可在 1 亩果园中悬挂 5 个诱笼来诱杀雄虫，以此降低园内的虫源基数；还可根据针蜂生长发育的不同阶段，选择喷药。如果在针蜂成虫时喷药，效果最佳；针蜂一般在上午 8 点至 10 点，下午 4 点至 7 点间活动，也可在这两个时间段内喷药；针蜂喜欢在成熟的黄色果实上产卵，故而，还可用黄色粘板来诱捕成虫；还可以对水果进行套袋，保护果实不被针蜂危害。套袋要从幼果期就开始，袋口必须扎紧。

作为陆伙秋的小儿子，卢新发因身体有病，无法出门打工，所以便寻思着怎么在家门口挣点钱。看到隔壁村的人种鹰嘴桃树的收入不错，他便动了心思。而现在，他却又皱起了眉头：“可能还是管理不到位，防治不及时吧。”种桃树不像表面看起来那么简单，实际上异常复杂。乍一看，只是果子从树上落下来，但若细细推理，发现有很多可疑之处都能导致那个结果。卢新发终于明白，他总结的那些防治措施，根本是“冰山一角”——这种害虫十分狡猾，各地的地形和气候也各不相同，所以到目前为止，并没有一个特别好的办法能让灾情彻底解决。他盼望村里能派个技术员来，留下联系方式就更好了——“要不，那些桃树就白栽了。”

2012 年对他来说是难忘的——所有的事情都挤在了一堆。这一年，他老爸生病，医药费花了 4 万元，把家里的老底快掏空了；

也是这一年，大女儿上大学的费用是 2 万元，小女儿上中学的费用是 1 万元，他感觉家里彻底变得空空荡荡；也是这一年，他家的房子建了起来，共花费 11 万元——虽然有政府补助的 3 万元，但他还是不得不问亲戚们借了 5 万元。那之后的连续几年，全家人省吃俭用，只为了还债。他家有 1 亩地，种了些水稻和花生，但只够自己吃，根本卖不出钱来。他惭愧地说：“家里的主要收入是老婆在英德市打工的钱，每个月大约有 2500 元。”卢新发恨自己的身体不争气，干不了重活，瞅着老婆每天早出晚归，很是心疼。然而，从 2016 年开始，他家的日子便有了新变化。因为有了精准扶贫政策，小女儿每年能获得生活补助 3000 元，算是帮他解决了一个大难题，而他也在不断地动脑子，想着怎么能挣上钱，早一点甩掉“穷帽子”。

谈起 2019 年，他的眼里闪着光——对这个家庭来说，最艰难的时刻已经熬了过去。这一年，学商务日语的大女儿已大学毕业并找到了工作，每月有 3000 元收入；也是这一年，小女儿考上了幼儿师范学校，每月也能挣 1500 元；还是这一年，他通过“贫困贷款”贷了 3 万元，建起了一个农机维修站。虽然生意没有预想的那么好——上山砍柴的人少了，拖拉机出事故的概率也变小了——但只有在干的过程中才知道怎么干。他还琢磨着是不是可以搞个民宿或农庄，他家就在山路边，风景是极好的。他想抽空到附近镇里去搞个调查，看看别人的民宿是怎么搞的。无论怎样，总是要干起来。只有干，才有希望。

砂糖橘

在连樟村人看来，砂糖橘是一种“过去的”植物。事实上，植物由枝丫和影子共同组成——当植物的枝丫被砍断或烧毁后，它的影子却不会即刻消散，而会长久地徘徊在原来的地方。有影子的地方会弥漫着一种奇怪的香味——橘子树下便弥漫着橘子成熟时的香味。村民只要站在原来栽种橘子树的地方，便能闻到那种味道，便知道影子们还没有离去。

隆冬时节的英德市，还十分暖和。公路两边的小山坡上绿意盎然，大小果园里一片橘红色——那是清一色的砂糖橘。在你看来，砂糖橘不过是一种富含维生素 C、钙、纤维质、少量蛋白质、脂肪及丰富的葡萄糖、果糖和蔗糖的水果，然而，对连樟村人来说，砂糖橘就是黄金。当橘子树缀满果实时，村民们还没有被贫困所裹挟，还充满了各种幻想。然而，它来了——黄龙病！它不是一种病，而是一把世界上最闪亮的、最锋利的刀。那把刀曾在锈钝中沉睡，然而，当它陡然醒来后，发出锃亮的光，干出的事让村民们大吃一惊——它一棵一棵地将橘子树全部砍断后，又把那些树干烧毁。

关于砂糖橘怎么建园，怎么种植，密度多少合适，栽种后如何施肥……村民们心里都一清二楚。每个人都有一堆关于吃橘子的经验——别把橘子上的白丝撕掉，那东西能通络化痰、顺气活血；别一天吃橘子三个以上，对牙齿有害；吃橘子的同时不要吃萝卜，否则会诱发甲状腺肿；吃橘子时不能喝牛奶，否则会出现腹胀、腹痛、腹泻等症状……可惜，人们就是不知道黄龙病的厉害。橘树一旦得了这种病，不仅那棵树要被彻底毁掉，甚至连整片橘林也会被摧毁，一棵不留，因为黄龙病是会传染的！最开始，人们发现树叶开始变黄，后来，那叶子便开始脱落，整个树冠会变得稀疏。过了一两年，整棵树便会逐渐枯死。所以，一旦发现树得了黄龙病，便要立即挖出，再集中烧毁，不能留下残桩。

连樟村大面积种植砂糖橘始于 20 世纪 90 年代中后期。这里产的橘子晚熟、应节、皮薄，很受城里人喜欢。显然，橘子和这个地方很是有缘——这里位于广东省的中北部，是南亚热带向中亚热带的过渡地区，入春时吹南风和偏南风，入冬时又吹北风和偏北风，形成了温暖湿润、雨量充沛、无霜期长的气候特点。粤北的这个位置相当奇特——不但能避开北部的寒害，还能避开南部的台风，又能承接因台风带来的阵雨，让夏秋的干旱得到缓解，极适合橘子树的成长；这里的土壤以黄壤、红壤、赤红壤为主，有机质含量丰富，自然肥力高，土壤团粒结构好，可耕作层厚，也能让橘子树长得甚欢；这里接近北方，有着便利的交通条件，而那些来自上海、浙江、河南或辽宁的水果批发商，很愿意到这里来采购。

最辉煌的时候，整个连江口镇曾种植过 3 万亩砂糖橘。那时，连樟村几乎家家户户都种砂糖橘。每年春季，橘园便开始颤抖。那些埋在土里的根系吸吮着土壤里的水分，让身躯变得湿润起来。水分在橘子树的身体里不断地循环和扩张，加上太阳那缓慢而温和的光合作用，最终，橘子树由一个青春少女变成慵懒孕妇。到了收获季节，果园里红彤彤一片。和别的橘子相比，砂糖橘个头较小，像一个个红鸡蛋，但形状却不是椭圆形的，而是浑圆形的。这个袖珍小水果很让人难忘——鲜亮的红皮非常薄，极容易剥离；果肉呈金黄色，入口爽脆，汁多无渣，清甜中带着股蜂蜜味。

在果实成熟期时，那些小橘子闪烁着橙红光泽，芳香四溢。望着那一颗颗小宝贝，人们止不住地想入非非。从表面上看，站在树下的他们十分平静，但其实，他们的内心像大海般澎湃。橘子就是黄金，就是现钱，就是欢笑，就是明天。那个时候，村民们认为橘子树会和蓝天与白云一样，一直一直地这样存在着，一直一直地这样丰收着。然而，这个梦却有终结之时。当黄龙病到来后，橘园的世界变成了暴风雨的世界。

“你知道吗？我家 600 棵砂糖橘树，曾经卖出了 20 万元的年收入！”陆国祥现在住的砖房是 2013 年建起来的——当时兄弟们还没有分家，就一起凑钱建了这栋房。建房时花的 20 万元——10 万元是卖砂糖橘攒下的钱，另外又借了亲戚的 10 万元。那 10 亩地的 600 棵砂糖橘树，对这个家的贡献实在是太大了——大哥的儿子和女儿读大学（一个人一年 3 万多元）都是卖橘子的钱供的。可后来，“橘子得了黄龙病，便搞不到钱了”，“得病后的橘子便没办法挂果”。

2012 年是个可怕的年份。全村人的心尖都被一双无形的大手撕扯得发疼，但一点办法都没有。人们只能眼睁睁地看着树叶变黄。不到两三年，整个山坡上的橘子树全都被砍掉了。没了橘子树便没有了收入，可盖房子欠下的账还没有还。怎么办？陆国祥咬牙买了台拖拉机到山上拉木头。砍树和拉木头都很累，但一年还能挣个两三万元救急。田也要耕！只要田里一没活，他便上山去砍树。就这样忙碌着，不敢有一天空闲，才算把日子过下来。他笑着说，终于等到了 2016 年。有了扶贫政策后，现在的日子好多了。

连樟村现代农业科技示范园的温室大棚里，利用现代农业技术种植的草莓长势旺盛。（摄影：韦继棠）

麻竹笋

在连樟村人看来，麻竹笋是一种“现在的”植物。虽然现在，这种植物正扮演着成功者的角色，但它与真正的成功尚有一定距离。它不仅要树立起根茎的尊严，还要让它的影子获得尊严，它的权威性才算真正地确立了起来。

麻竹笋又名甜竹、大绿竹、瓦坭竹，是一种国内罕见的食肉笋品种，素有“岭南山珍”之称号，被国内外老饕们誉为“第一绿色保健食品”。笋子的株高可达 30 厘米，中空有节，叶片大，互生。麻竹笋喜欢高温多湿的天气，在 30 摄氏度以上的温度里会迅速生长，产量很高。

麻竹笋是一种食用蔬菜，可凉拌沙拉，也可煮、可炖，纤维多，用途广。自明代以来，连樟村就有种植麻竹笋、精制笋干的习惯。麻竹笋的特点是肉厚鲜嫩，爽滑可口，无脂肪。这里的笋干曾在清朝中期远销广州、港澳及东南亚等地。麻竹叶具有药用和食用价值，是包粽子的上好原料，可令粽子清香爽口，回味悠长，还寓意着“竹报平安”。新鲜竹笋的颜色呈淡黄色而不是乳白色，吃在口中十分爽脆。笋干最好用淘米水熬煮后浸泡一天，再用来炖猪肉或鸡肉。当笋干浸染上肉味，口感会格外肥美滋润。

麻竹笋含有一种白色的含氮物质，它让笋子具有一种独特的清香，能甘寒通利，促进肠胃蠕动，使粪便变软，具有开胃和促进消化的作用；麻竹笋还具有低糖、低脂的特点，富含植物纤维，可降低体内多余脂肪，消痰化瘀；麻竹笋内的植物蛋白、维生素及微量元素的含量也很高，可增强机体免疫功能，提高抗病能力。生活在城市里的上班族，工作和生活都很紧张，很容易造成压力性便秘。若每周能吃上两次麻竹笋，对消化、吸收、通便都有促进作用；而在过年过节时吃麻竹笋，则寓意身体健康，生活像竹子一样节节高。

笋是节状生长的，买笋时要看节与节之间的距离——距离越近越紧密，笋肉越细腻，吃起来味道就越好。买笋时还要看笋的形状——上部大而底部较小的笋比较好，这样的笋壳少而笋肉多。把笋剥开后，笋肉越嫩白，吃起来便越脆；绿色的笋肉，吃起来会很涩。

晒干的麻竹笋有种酸味。那味道在连樟村人闻起来，根本算不上什么。然而，对一个村外人来说，那酸味十分浓烈而且刺鼻。这便让村外人皱起眉头——难道是连樟村人的嗅觉太迟钝？然而，当你在村里吃了鲜竹笋炒肉片，又吃了竹笋干炖肉后，便知道村里人的舌头非但没有钝化，反而相当灵敏。他们知道麻竹笋干好吃，有些麻竹笋干是从镇里批发到村里来的，根本不是村里人自己晒的。

陆国祥说："刚砍笋的时候浑身发痒，但是做长了，也就慢慢习惯了。"一条笋有50斤重，把笋壳剥掉后最多只剩下10斤。2019年，一斤麻竹笋能卖到8毛钱，比上一年的价格高了3毛。砍笋是个辛苦活，笋子叶上有茸毛，会让人浑身发痒。当麻竹笋长到1.2米至1.5米时，便可以砍了。用刀一剁，再用手一掰，将砍倒的笋垒成一堆，再搬到山下去。老笋难砍，要砍好几刀；嫩笋只需一刀，便可以掰断。陆国祥一天能砍笋600多斤，再用拖拉机拉下山。他心里明明白白——砂糖橘是彻底完蛋了，现在只能靠麻竹笋。2017年，他咬着牙花了4000元，雇挖掘机开出条山路。以前笋全靠人的肩膀往下担，现在，把笋往拖拉机车斗里一放，便"突突突"地运下了山。

麻竹笋长得像小炮弹，
村民从山上运下来很不容易。

连樟村人将麻竹笋加工成麻竹笋干，方便储存与售卖。

化肥

陆国祥天天进山，一干就是一天——他不是去砍笋，而是去挖坑。有些邻居窃窃私语——他真是傻啊！原来，他先在麻竹笋的根边挖一个坑，再一点点把化肥埋进去。这样一棵笋一棵笋地挖过去，腰累得发酸，晚上躺在床上怎么都撑不直。他不想把化肥往山里一撒就不管了。“山里雨多啊！”只要下上一场雨，那些化肥就会一下子被冲掉——“几千块钱就一下子被冲掉了啊！”他把眼睛瞪圆：“政府的钱也是钱啊！”

说起麻竹笋，他如数家珍。一遍又一遍，他把自己的麻竹笋早都数得清清楚楚——全部有 1500 棵！这些麻竹笋是十几年前就种下的，后来又补种了一些。砂糖橘得病后，政府便鼓励大家种麻竹笋，还给予补助。2017 年，扶贫工作队给他家帮扶了 2000 多元的化肥；2018 年，又帮扶了 4500 元的化肥。邻居们犯懒，拿着化肥往山里一撒就算完事。“那根本就是天女散花，不起作用的啊！”他可不愿这么干。那半个月的时间，他天天上山挖坑，再把化肥一点点埋进去。说起那些来送化肥的扶贫干部，他咧开嘴笑了起来。他说他懂他们的心思——“如果我们挣到钱，他们就开心了啊！”

大山无言，四季循环。这个男人是在万物丛生的乡野里，懂得了付出与收获是成正比的。人是不能骗地的，人也不能骗山。人只有把自己的身子伏下去，让汗滴洒在泥土里，那片地才能长出果实。人不需要对造物主创造出的这个世界表示惊叹——大山从不惊叹头顶的天空为何如此湛蓝，小溪也从不惊叹流水声为何是重叠的，蝴蝶们也不为翅膀上的黑色或黄色感到惊叹。一切都在一个既定的程序中安然地运转着。所以，人也无须惊叹自己何以是这等模样，他只需努力劳作，自然会获得想要的一切。

进山干活很是辛苦——蚊虫叮，空气闷，额头上的汗珠不断滴落，浑身的肌肉酸痛得像要从骨头上脱离下来。可是，他的心里是美滋滋的。晚上下山时，他看到头顶上已经有了月光。那月光，对世间所有的一切都很公平——不仅把明亮给了小溪，给了树叶，给了山路，还给了他的肩膀。他弯腰在溪水里洗净手脚，洗净脸上的泥污和汗渍，慢慢地朝村子走去。他像一把剑，在劳动中被锈蚀了，但在归家的路途中，溪水和月光又让他变得清爽、发亮。

陆国祥在很小的时候，便知道自己的家里是穷的。除了父母这两个劳动力外，5 个孩子都是张着嘴等吃饭的家伙，帮不上什么忙。村子被大山包围着，能挣钱的门路实在有限，所以，父母整日都为孩子们吃些啥而发愁。就在那间泥土屋中，一家人围坐在一起，“不是喝粥就是吃木薯”。他的声音哽咽起来：“别说吃肉，就连白米饭，一周也最多只能吃上一次！”

在那间堆满杂物的库房里，他打开一个鼓囊囊的袋子，从里面抓起一把白色碎屑给你看——那模样实在像木头渣滓——“我们以前只能吃这种木薯，可现在，这东西都是拿来养鸡的。”“不，木薯就是木薯，和番薯完全不一样。”他认真地解释着。原来，木薯是一种多年生亚灌木，又称树薯、木番薯，起源于热带美洲，有4000年的栽种历史。中国于19世纪20年代引种栽培了这种植物，主要分布在淮河、秦岭一线及长江流域以南，以广东和广西栽培面积最大；而番薯又叫红薯、山芋和地瓜，产自南美洲，于16世纪末传入中国。如今，除了青藏高原，中国的大江南北，皆有番薯的足迹。

在一座村庄里，房子可不仅仅是一个建筑物，一个可以栖身的地方，它更是财富的象征、能力的展现。现在，陆国祥一家住的是砖房，虽然没有装修，但和土房子到底不一样——安全、宽敞、干燥！屋里摆着电视、音箱、冰箱、电饭煲和消毒柜，有单独的卫生间和厨房。灶台甚为硕大，有三眼火。曾经的那栋土房子，根本就是男主人的噩梦。每当有人给他介绍对象时，他的心都怦然跃动着。然而，等那些女子来到他家，看到那栋满身裂着皱纹的房子后，整个人便凝固成一尊雕塑。其实，她们站在房子面前的时间很短，然而，对这个男人来说，那段时间真是“一秒等于一万年”。他知道那些女子已进入想象状态——当她们作为女主人推开那扇木门后，能否与那个空间里的一切和谐相处呢？不。她们的答案是否定的。于是，当她们转过身来，脸上浮出充满歉意的微笑时，这个男人便明白了——相亲再一次失败。

2010 年 7 月 1 日，他领了结婚证。老婆叫陆海鱼，出生于 1983 年。那女子长着一头浓黑的短发，皮肤泛黄，圆脸上有两道粗黑的眉毛，单眼皮下是高鼻梁和薄嘴唇，看起来周周正正。丈夫笑嘻嘻地说：“她原本是一条海里的鱼，在我的家里受委屈喽。”老婆听到这话后，在嘴角弯起一个好看的笑容。在这对夫妻间，有着一种无言的默契。妻子看着丈夫时，眼神里充满了理解和爱恋。你以为他们是自由恋爱后结婚的，但其实，他们“从认识到结婚不到 10 天”。那个时候，他已经 42 岁了。当陆海鱼的小姨给他介绍对象时，他很快就点了头。首先，他相信小姨不会骗他；其次，“我的年龄太大了，没什么好挑的”。

人到中年才娶上老婆，并不是说他以前不想找对象。事实上，“我从二十几岁就开始找对象，年年都在找，但一直没有找到合适的”。“合适”是个非常奇怪的状态——在非常短的时间里，男女双方互相揣测着，看对方是否和自己幻想中的那个人一模一样。当发现对方不像自己所期待的那样时，只需要一秒钟。每年都相亲，次次都失败……这耻辱的经历让他逐渐地清醒了过来。

陆海鱼的小姨在最初向他介绍时说得明明白白——女方患有小儿麻痹，手有些不灵便。于是，他见到了那个女子：身量适中，五官端正，嘴角挂着腼腆的笑容。他很快便点了头——这世界留给他的选择机会并不多。婚礼非常简单——彩礼 6000 元，摆酒 8000 元。婚后他发现，老婆只能干些轻微的家务活，做不了地里的重活。有时，甚至有些简单的家务活对她都是难事——将茶壶里的开水往暖瓶倒的时候，她会因为对不准瓶口而烫伤自己的脚。但老婆性格温顺，从来都是他说她听，于是，日子也就平平淡淡地过了下去。

砂糖橘生病后，他将全部的希望都放在了麻竹笋上。他认真地把化肥埋在每一棵竹笋的根上——他不是在埋化肥，而是在埋希望啊！他知道自己一点一点挖坑的模样，显得十分笨拙；他也知道邻居们在背后怎样地嘲笑他。然而，他还是坚持上山，一天又一天。他观察着那些笋子的叶片，就像观察自己孩子的头发。当那些小小的颗粒在泥土里溶解后，叶片便会发生变化。有时，他挖坑挖得时间太长了，以致一起身，便会感觉头晕目眩，整个人要栽倒。他赶忙把一只手放在额前遮住阳光，深深地喘上几口气，才慢慢地恢复正常。他慢慢地打量着目光所及的竹林——这一片属于他的竹林——他好像已经看到了未来的自己，正举起刀砍向那些竹笋。那一棵棵竹笋被抬进拖拉机的车斗中，被拉到了麻竹笋加工厂。

不砍笋的时候，他便到外面打零工。他有一台拖拉机，他的驾驶技术还不错。他可以帮别人运木头和运沙土——如果是自己包油，一天干 8 小时的工钱是 350 元。除去 50 元油费和机器磨损的费用外，一天能挣 200 元。这个活干起来也很辛苦——整天坐在拖拉机上，不是上山就是下山。山路崎岖，要格外小心才行——在这个小村里，因拖拉机翻车而造成身体残疾乃至毙命的事，并不少见。他也知道危险，但还是毅然决然地出了门。“只要有活就一定要干，不干不行啊！”现在，他是 3 个孩子的父亲——大儿子 11 岁，大女儿 8 岁，小女儿 6 岁。过去，他的父母为孩子们吃饭而发愁；

而现在，他为孩子们的上学而发愁。然而，他即刻便发出感慨：“从 2016 年开始的助学补助，真是一场及时雨啊！”现在，他的大儿子和大女儿每年每个人都能有 3000 元的生活补助，上学的难题算是彻底解决了。

他的老母亲名叫陆思妹，已是 87 岁高龄的老人，但身子骨还很硬朗。听到屋子里有人说话，便踱步进来，安静地坐在椅子上。这个老太太顶着一头雪白的头发，缺牙的嘴角弯起，在脸上挂出一个慈祥的笑容。你惊诧于那些皱纹——横纹从额头处向下，竖纹从下巴处向上，在太阳穴处扭结成一个麻团，而手上的皱纹像一缕缕刀痕。你向老人家问好，而她则频频点头。听说她现在还能自己做饭吃时，你惊得目瞪口呆，手里的钢笔简直要掉在了地上——唉！城里的医疗条件那么好，可有些人活到了六七十岁，也便撒手人寰。而这个老人家，居然还能做饭！

陆国祥在连江口镇吃过鹰嘴桃后，发现那桃子不仅好吃，而且一斤还能卖到十几元，便在心里盘算起来——如果自己种得好，能卖到七八元也是好的。说干就干！他花了 3000 元，从河源市买了 450 棵鹰嘴桃树苗，还向卖苗人咨询了种植方法。2019 年，他种了 10 亩地的鹰嘴桃。他总是兴冲冲地去地里除草和浇水，盼望着在 3 年后能有好收成。“种桃子树就像养个小孩啊！要做长远规划。”他相信自己能种成鹰嘴桃——此前，他家的砂糖橘有过连续丰收 10 年的纪录。最高产的那一年，还卖出了 20 万元的好价格啊！“真的！整棵树都挂满了果啊！”他清楚地记得自己曾创造出的辉煌。

现在，他满脑子都在想怎么挣钱，怎么把“穷帽子”甩得远远的。他知道，村里的那些扶贫干部们，正“想尽一切办法让我们的生活好起来啊”。最近，村里安排他当巡山员，每个月有3000元的收入，他干得相当认真。这个活不仅要巡山，还要巡河。每天，他一大早就出了门——看看有没有人在山里生火，有没有人在河里挖沙。一旦进入大山，他的眼睛就变得像鸟儿一样敏锐；一旦来到河边，他的身体就变得像鱼儿一样顺溜。他在这个村子里出生，虽然也在这里吃过苦、受过累，然而，他却真心实意地爱着这个地方。这种爱，胜过爱世界上任何一个别的地方。

连樟村村民陆国祥和他的妻子很是恩爱，他们靠自己勤劳的双手将日子越过越好。

木材加工厂

你来到木材加工厂，好像进入一个大音箱的内部，耳膜被一阵阵轰隆隆的噪声所切割。然而，那两个正在锯木头的年轻男子，却好像戴了耳塞般什么都听不见。一根粗壮的原木被摆在案子上，被一个人推上了转动的锯齿。随着哧哧声，那木头在被运送到对面去的时候，侧面已被笔直地切割下一缕；当它被再次推回来时，身体的另一部分也分离开了一缕。于是，就在这推来送去间，它由一根圆滚滚的木头变成了一堆细长的木条。另外的两个人——一个是老年男子，另一个中年女人——正在装订木头。他们也像是戴了耳塞，根本听不见任何噪声。他们将木头放在一个长条状机器里收拢成束，用榔头将木头敲打整齐，再用铁丝和塑料绳捆扎起来。空气里飘满了木头的碎屑，而这些碎屑在阳光下闪着光芒，像是噪声的好兄弟。

这是一幅艺术家创作的油画——画面中的两个男人正在推拉原木，另外的一男一女正在捆扎木条。线条是画面中最为重要的元素——脊背的线条、手臂的线条、木头的线条和切割机的线条。你感觉那艺术家在抚摸这些线条时内心充满欣喜——他让线条沉浸在阳光的照射中，充满了丰富的表现力。那些闪亮的线条格外流畅，充满了欣慰。劳动是艰苦的，但同时，劳动也是欣慰的。那些木头就是从侧旁的大山里砍下来的。在如此近的距离中，木头已变成了木条。

你走进了这幅画面，内心充满了奇异的感动。你感觉那被切割下来的木头的糙皮，就是生活——是的，生活不是提拉米苏蛋糕，而是像这糙皮一样的东西！每一根木头都那样粗犷，都那样赤裸裸，都那样刚劲有力。这些木头就是一切事物的原始状态。这些木头，曾经是一根根比人的手指还细的树苗。它们在大山里孤独地长大。每一天，它们都用力张开自己的叶片，吸纳着所有的阳光、水分和养料。它们按自己的遗传基因生长着，最终，长成了父母那般的模样。它们是大山真正的儿子。它们懂得溪水，了解蝴蝶，热爱微风。

一棵树被砍倒后的命运，就像一个女子出嫁后的命运。木头要变成桌子腿或天花板，根本不以它的意志为转移。然而在骨子里，它还是那棵树，那棵山上的树。木材加工厂就是木头的婚礼现场——在剧烈的嬗变中，木头变成了另一种连自己都认不出的模样，走上了另一条前途未知的道路。于是，这幅画面里又飘荡着一种空灵的叹息。当这些大树被分化成一小块一小块时，新的东西诞生了——优雅和文明。

2016 年，村里进行土地整合后，邓春活家的蔬菜大棚每年能有 2300 元的分红，两亩地出租后每年有 2000 元的租金，儿子也领到了一年 3000 元的生活补助，日子明显比以往好过许多。然而，单靠这些还不够。一咬牙，她便来到了木材加工厂打杂工——丈夫去世后，家里只剩下她一个劳动力，女儿还在上大学，她怎能不心焦？

木材加工厂让这个女人看到了很多真相——当女人没有依靠后的真相。一旦进入这个轰隆隆的世界，女人便要集中起自己的全部精神，瞪大眼睛，屏住呼吸，心跳怦怦地开始工作。在这里，最厉害的主角就是那部切割机。一切都因它而诞生，因它而旋转，因它而分解。它是一颗身上冒着火苗的小星球，好像永远都不会熄灭；它让这个空间里充斥着大量的粉尘，那些粉尘在金色阳光的照耀下，像降落伞般肆意飘浮，散发着呛人的辛辣味，像厨房里打翻了装辣椒面的瓶子；它让这里像一个巨人的心脏，总是发出骇人的轰隆声，一刻也不停歇。

邓春活进入加工厂后的第一天便明白了——自己犯下了一个可怕的错误。然而，纠正这错误已经太迟了。在粉尘折磨着鼻孔，噪声摧残着耳膜的状态下，她的双手配合着双脚，不断地搬动木头、捆扎木头、运送木头。那些木头上到处都是毛刺，手掌被扎得鲜血横流。在加工厂干完活后回到家，这女人像是喝醉了般将身体摔在床上后，一点都不想动弹。她将全部的能量都释放出来后，整个身子变得软绵绵的，疲乏无力。然而，她却不能讨厌那些木头。村里所有的人都知道，因为山路弯弯，阻碍了他们与外界的联系，所以，在家门口能挣上钱的工作非常少；所以，粉尘是小事，噪声也是小事，划破手掌更是小事……只要每个月能领到2000元的工资，她便心满意足了。

这就是村民和大山的关系。当他们诞生在大山深处时，并不了解这种关系的可怕性——他们依赖大山生存，但大山有时候却会反过来吞噬他们。丈夫开着拖拉机从山路上“突突”而下时，大山陡然间发了怒——它不愿听男人作任何解释，便奋力地掀翻了他的车。而那个女人，像是为了报复大山般，最终来到了木材加工厂——这个专门肢解大山孩子的地方——工作。在这个空间里，木头无所不在，无处不是。这里的木头是大树的尸体。现在，这个女人整日整日地观察着那些木头。她在这个空间里观察的时间越久，便越觉得自己孤立无援。她不断地给自己打气，让自己挺住，不要倒下去。现在，她要把自己锻炼得像一根顶梁柱，才能将家里的那栋房子撑起来。

位于连樟村的木材加工厂，村民在这里工作每月能领2000元工资。

厨房

那女人挑着担子从山上走下来时，让人看着着实心疼。她戴着顶草帽，那不到 1.6 米的个头实在矮小，让肩膀上的担筐显得格外沉重。然而，她的身体里像是安装了个发动机，能让她一直一直地往前走。筐子里的麻竹笋像一堆小炮弹，一个个都雄赳赳气昂昂，像是放在炮筒里就能发射出去，将田野炸开个洞。那些绿色小炮弹一个挨一个，让筐子越发沉重，让担筐子的女人越发蹒跚。但那个体型瘦小的女人异常坚强，将每一步都踏得格外稳当。看得出来，她对维护尊严这件事非常敏感。她就这样一步一步地走了下来——从崎岖的山路上，一步步挪到了村子里面。碰到她的人都在揣测筐子里的东西有多重——至少 100 斤吧？差不多有 120 斤了吧？嗯，应该有 130 斤了？

2019 年，邓春活已年满 50 岁。她虽然身量不高，皮肤黝黑，但看着非常健康。她的短发里已有了白丝，嘴角边也有了皱纹，但一笑起来，右侧脸颊上的一颗小酒窝，让她还保持着少女般的羞涩。她的五官看着十分顺眼：淡淡的眉毛，细长的眼睛，抿起的嘴角挂着一缕倔强。她的双手看起来比脸庞更加沧桑：那是一双整日劳作的手。

在这个女人的生命里，有3个年份是最为重要的——1995年，女儿出生；2002年，儿子出生；2013年，丈夫去世。出生于贫寒之家的她，在8个姐妹中排行老五，只读了小学四年级后便辍学回家。经人介绍，她在26岁时嫁到连樟村，丈夫那时是31岁。“结婚时只有一间屋，一张睡觉的床，一张小桌子。”她叹息着说，“那时候做饭是大灶，烧的是柴。”1999年村里第二轮分田时，她家4口人共分到2亩地。她种了花生和水稻后，一年都忙忙碌碌十分辛劳，然而，却“有的吃，没的卖”——地里的收成能吃饱肚子，但手上没有余钱。

日子虽然过得紧巴巴，但两口子还是努力攒钱。最终，在2005年时，他们盖起了一栋楼房——地上铺了瓷砖，客厅里摆上了木质茶几和沙发，卧室里放上了木床和衣柜。盖房子时还借了1万元的外债，但老房子实在太旧，不盖不行。然而，开着拖拉机去拉木头的丈夫翻车后，这栋房子便像是被抽掉了大梁。

大山上长着一片又一片的树林。为了砍伐那些木头，人们顺着羊肠小道进入山的内部。那些小道崎岖而颠簸。有时候，道路像铺了红地毯，显得格外友好；有时候，那道路化身为一把闪光的利剑，显得格外可怕。丈夫并不是没有感受到那利剑的可怕，但他还是迎着锋芒向前走去。然而，山路上到底发生了什么，他来不及向妻子讲述，便永远地闭上了眼睛。当女人看到男人那既可怕又可怜的样子时，感觉一阵剧痛弥漫全身。丈夫的影子在半空中注视着号啕大哭的妻子，虽然忧心忡忡但无能为力。对于别人，这是件茶余饭后的小事；然而对于这个家，这是个历史上的决定性事件。

此后，矮个子女人便经常跑到山坡上去抹眼泪——她心里的仇怨实在淤积得太多。别人家的砂糖橘，已经卖了不少钱；可她家的树才挂了两年果，就得了黄龙病。没办法，只能把树连根挖掉。挖树的时候，她像在手术台上做手术，但又没有打麻药，整个身子发烫、发抖。她感觉那些被砍断的树枝，就是她的胳膊和大腿。那是可怕的 2012 年。那个时候的她，认为自己已达到了伤心欲绝的顶点；然而，第二年，她又迎来了更大的灾难！丈夫离去时她哭得昏天黑地，感觉自己被截掉胳膊和大腿后，连心脏也整个被活生生地摘去了。

丈夫的肉身虽然已不存在，但他的影子依旧徘徊在屋里。那影子总是舍不得，放不下，总渴望能给家里帮点什么忙。妻子能强烈地感受到那影子的存在，所以，她一点也不敢懈怠，总是忙前忙后地干着活。有朝一日，当她的影子和丈夫的影子相遇时，她要对他做一个全面的交代。然而现在，当她一个人撑起这个家时，感觉肩头的担子实在是太重了。现在，每一天的时间都好像特别长，每一分钱都好像特别难挣。每日凌晨，当她一觉醒来睁开眼睛后，虽然觉得疲惫并没有一丝消退，但还是起床急匆匆地开始了劳作。

2014 年，女儿考上了广东技术师范学院。然而，这样一件好事却让母亲为了难——到广州读大学，每年的学杂费需要 2 万多元；而儿子在读中学，学费也要 1 万多元。她躺在床上左思右想，最后，还是挣扎着出了门。为了让孩子们能继续求学，她咬着牙借了 4 万多元的外债。然而，从此，她便成了有债的人。这样的人走路时，影子不像云雀，也不像燕子，而像蜗牛。那蜗牛每往前踱一步，都显得艰难异常。2015 年的某一天，她朝镜子里一望，发现黑发里掺杂了很多银丝。

她的日子是从 2016 年开始变好的——这一年，国家的精准扶贫政策开始实施。到 2018 年时，她甚至有了底气，勇敢地承包了 10 亩山地——原来，是扶贫干部们给了她“支持”。“好啊！好啊！”看着那一捆捆小树苗和一袋袋鼓囊囊的化肥，她笑得合不拢嘴，右侧脸颊上的酒窝也变得更深了。在要不要承包山地这件事上，她一直犹豫不决——树苗和化肥的投入至少要 1 万元，而她是个女人，要单独养家，每一分钱的投入都要谨慎再谨慎！现在，有了这些“支持”，她变得笃定起来。在承包合同上签字时，她的手并没有颤抖。“这一包，就是 25 年啊！”她的眼睛陡然间变得明亮起来，像没电的手电筒换上了新电池。

麻竹笋的收获期在每年的 6 月到 9 月间，而这段时间，也是她最繁忙的时间。“一有时间我就去山上拔草和砍笋，一有时间我就去。”砍笋是个辛苦活——单是走进山里，便需要半个多小时；而将那些又长又重的大炮弹砍下来，装在筐子里担回来，既需要体力，又需要耐心。每一棵麻竹笋都差不多有 2 米高，叶片宽阔而肥大，在风中哗啦啦地响。整个夏天，这些笋子都在生长着，一刻也不停歇。在砍笋时，她能闻到一股混合着青草、溪水和泥土的香味。2019 年，她的笋卖了 2400 元，但她并不灰心——到 2020 年，笋的收入至少在 1 万元。她扳着指头算了一笔细账——2018 年时，一斤笋的价格是 4.5 角；2019 年，已涨到了 9 角，那么 2020 年呢？她的嘴角弯成了月亮。

2019 年，当扶贫干部介绍她到村委会工作时，她爽快地答应了。每个月有 2600 元的收入，虽然听着很不错，但干起来也不轻松——每天早晨 6 点上班，给 20 多个人准备早饭。上午时，要把两层半的房间全部打扫干净。午饭和晚饭是重头戏，要荤素搭配，有菜有汤。午饭后她会步行回家，稍作休息；之后，再返回来做晚饭。等将全部碗筷都收拾完毕后，天色早已浓黑。等她回到家洗洗涮涮后，便倒头就睡。她常常一夜无梦到天明，睁眼后又即刻出门去干活。

做饭是她的看家本领，她早已练得十分熟稔，可是，在家里做饭，不需要卡着时间点，而在村委会做饭，则要有时间意识。一进厨房，戴上围裙和袖套，这个女人即刻成了这间屋子的女王。所有的锅、碗、瓢、盆、煤气灶、电饭煲，都成了她的士兵。她先在脑子里勾勒出一张作战图，继而便手脚勤快地实施了起来——先用电饭煲把米饭煮上，再将青菜切成块，泡在红色水桶中；又用力剁鸡，将鸡块用盐和花椒腌上；再切姜和剁葱，准备烧菜时使用。

厨房是一个让她忘记伤痛的地方，也是一个让她感觉自己有用的地方。出现在厨房里的那些大米、黄豆、花生和鸡鸭，都是她非常熟悉的食材。当她的指尖抚摸过那些东西时，她将自己无限的深情也传递了出去。她爱这些东西——这是一种最纯粹的人类的同情心；而那些食材，也坦然地接受了她的爱意。最终，它们变成了热气腾腾的佳肴，完成了自己的蝶变。

离开厨房的时候，她总觉得自己活得很艰难，然而，一旦进入这个空间后，她又觉得比自己更艰难的，是手下的这些植物和动物。当丈夫离开的那个瞬间，她以为自己完全丧失了热爱的能力。然而，当她进入厨房后，脑袋里会自动编排出葱、姜、蒜、大米和鸡肉的位置，于是，她知道自己的热爱能力又回来了。最重要的一点是——厨房里有火！那火光让她感受到活着是那样的温暖。这温暖让她的思路不会总徘徊在黑暗而寒冷的区域——她曾在那里挣扎了很久。当丈夫离世后，她觉得自己像陷入了沼泽地，一直在苦苦地挣扎着。那段时间，她的目光变得呆滞，手脚变得僵硬，整个灵魂像是脱离肉体已从窗户里飞出去。然而，绝望、悲哀和痛苦并没有压倒她，她还是挺了过来。当她来到了厨房——这个有火光的地方——仿佛让她重新进入母亲的角色，她变得有了自信。

随着时间的推移，她体会到了一种忙碌中的快乐。在这种快乐中，她的日子过得比往常要更加充实。在经历了黄龙病和车祸后，她以为自己根本没法活下去，可谁能想到，峰回路转，日子会变成今天这般模样。现在，她容光焕发，神采奕奕，像一朵盛开的鲜花。2018 年，女儿大学毕业后，在广州的一家贸易公司工作，每个月有 5000 多元的薪水。在女儿的帮助下，她已彻底还清外债且略有盈余。一切都变得美好起来。她用力地挥舞着锅铲，嘴角挂着微笑。

扶贫干部介绍邓春活在村委会工作——负责做饭和打扫卫生，每月能有 2600 元工资。

糍粑

做糍粑很费周折——先把大米和糯米洗净，在水里浸泡 10 个小时以上，再装入大碗蒸 15 分钟；将热米倒入厚底锅中，用擀面杖使劲捣，捣到看不见米粒为止（或放在石槽里用石锤捣）；将捣好的糯米团滚上花生、芝麻和白糖混合的蘸料即可。做糍粑是个体力活——熟糯米一定要捣到看不见米粒才更黏糯。花生和芝麻也要打得碎一点才好吃。

那一次，陆永门看到爷爷把一碗糍粑偷偷递给堂孙后，这个 18 岁的女生便很不高兴。当她嘀咕着“爸妈在地里干活，还没吃到糍粑”时，爷爷威严的脸庞上堆起了乌云。当他瞪起双眼，将两道剑一般的目光射向女孩时，听到对方发出一声锐利的尖叫。那目光实在太过凌厉，以致让那女孩的身心都被分离开。“我疯了！”

当你看着那个已不再是女孩的女人时，惊讶于那种腔调中的欢快，几乎没有一丝愁绪——“我疯了”。一碗糍粑就这样改变了她的命运。现在，作为中年妇女和有着长期疾病史的她，在回忆自己的前半生时，将注意力定格在那碗糍粑上！在陆永门看来，糍粑不仅仅是将熟米碾烂后，蘸上花生、芝麻和白糖的一种糕点，糍粑的味道也不仅仅是香、甜、黏、糯。不！糍粑是简朴生活里最美味的调剂品，它的味道像火焰一般绚丽。咀嚼糍粑时，心里会升腾起一股难言的快感，而那种绵软香甜的味道，会反复地出现在她的脑海中。

你难以想象，当18岁的陆永门在“疯了”之后，会经常想起“糍粑”这个词！怨就怨那糍粑实在太美味，而那种味道又在她的记忆里太过深刻。当某种感受超越了某个临界点后，它便像河水漫溢过堤坝，一切都变得肆意汪洋起来。于是，她说：“我疯了。”

整个世界就这样崩溃了。原本，人们以为只有在遇到特殊情况时，人才会发疯——被闪电或春雷击中——怎么可能会是一碗糍粑？那女孩疯了后会胡言乱语，张嘴骂人，浑身打摆子，喘着粗气。她像是被另一个人附了体，浑身都充满了破坏的能量。她本来是个健壮而美丽的女子，然而一瞬间，她变成了一个有手有脚的母兽。整个夜晚，她都瞪着闪闪发光的眼睛难以入睡。她在等待什么呢？谁也不清楚。然而，她就那样瞪着眼睛，一个小时一个小时地等待着。她的头脑混乱至极，神志模糊，虽疲惫不堪，但无法入睡。那时候，她一次一次地咀嚼着同一个词——糍粑！糍粑！糍粑！

欢乐

那一天，陆永门正在山上砍麻竹笋。突然，她的手一抖，虎口出了血。这意外让她心里一紧，觉得要出什么事，而且，这件事一定和钱有关——手都出血了啊！果然，一回家，她就看到了那可恶的画面：11 只鸭子摆放在门口，模样整整齐齐，但都直挺挺的。鸭子是被她家的狗咬死的，所以鸭子的主人们就把冤屈发泄在了她家门口。邻居们毫不客气地说一只鸭子要赔 100 元。他们还用手机拍了照，说不赔钱就让村委会的人来处理。她听了浑身发抖——市场上买只活鸭也不过 50 元啊！可是没办法，谁让咱家的狗不争气。赔！她拿出了 11 张 100 元的票子后，便把狗拴了起来。

她的心里十分难受——她难受的不仅仅是 11 张 100 元，还有那些风凉话。知道她拿到了低保金后，有些邻居便很不舒服，开始说起闲言碎语来——“她家风一吹钱就有了”“她家进医院不害怕的”。陆永门直着嗓门喊：“他们不知道进医院的滋味，其实并不好受啊！”她家被评为低保户后，一个人一个月能补助 251 元。她和丈夫的残疾补助有 770 元，孩子上学一年可获得生活补助 3000 元。现在，她家的日子不再紧巴巴，甚至还有了点小存款。

40 岁出头的她脸色发黑，肚腩凸起，腿粗手肿。她穿着件灰色的短袖 T 恤，深蓝色的长裤，粉红拖鞋。她有着一头浓密的黑色短发，总是一说一笑，很是快活的模样。虽然她说话的声音很洪亮，但说上两句就有些气喘，因为她的身体是虚的。然而，她更重要的问题不在身体上，而在精神上。她洪亮地宣布着这个结论：“我有精神病！”医生的诊断更为专业——“精神分裂”。她会突然间倒地，丧失意识，继而伴有痉挛和尖叫，以致面色铁青，口吐白沫，瞳孔散大，浑身抽搐。医生说“这种病的发作没有规律，但要在生活中特别留意，千万不要诱发它”。如果感冒发热，或吃了刺激性及热性的食物后，让身体不舒适，会引发病情。医生告诫她不能吃牛肉和羊肉，也不能吃辛辣的东西。

20 岁时，她到深圳去打工，在罗湖区的一户人家里当保姆。那个时候，她以为吃了药后病情就会被控制住。然而，不到一个月，不知是不是吃了什么不好的东西，她的病复发了。从深圳返回村里，她又去医院看病。在吃了一个多月的药后，才算控制住病情。之后，家人不让她出门打工，而只是放牛。第一次结婚时，她 22 岁。第二年，她生下了儿子。但是，在她 29 岁时，丈夫因失足落水而去世。那一年，那男人才 41 岁。

第二次结婚时，她嫁给了邓新建。当别人给她介绍这个男人时，她并没有嫌弃对方的耳朵是聋的。“是我追他的！”她乐呵呵地这样说。这是个体体面面的男人，身量适中，体格健壮，头发浓黑，五官端正，嘴唇上有一抹淡淡的胡须。他穿着件黄色的短袖T恤和蓝色牛仔裤，显得相当潇洒。然而，他家的条件很是一般——虽然也有山地，但没什么存款，所以找老婆很困难。她不嫌弃他，反而觉得这个男人心肠软，是个好人。她在和你讲话的时候，丈夫就坐在旁边安静地凝视着——他完全信任她。显然，再婚后的她对日子相当满意。再婚第二年，她生下了女儿。到2019年时，女儿已是12岁的学生。她慨叹女儿“读书一般”，说孩子“总是为怎么样做作业而发愁”，“她英语还不错，可数学不太好”。现在，她的大儿子已20岁出头，在外面打工，给别人安装防盗门。

2018年，她砍树挣了1万多元，砍笋又挣了2700元。2019年，她的日子虽然也能过得去，但还谈不上富裕。夏天时，家里买了床薄被子，她和丈夫便争着盖：“哎呀，只有一床哦！”丈夫原本就耳聋，可是在2014年时，他还出了一次交通事故——被摩托车撞到半空又跌落了下来。拉到英德医院去抢救时，整个面部都扭曲了，鼻孔裂开，胃也穿了孔。虽然对方赔了4000元，但他们自己也掏了不少医药费。她家有8分地，骑摩托车半小时便可到达。以前地里种的是红薯，现在种的是水稻。她得意地说：“我在10月底之前就已经收割完稻子了，我怕下大雨后收不了。”现在，她的身体依旧不好，经常会失眠。有时，她从晚上11点到早上5点都睡不着。到了5点半，丈夫叫她起床，说准备下地了，可她其实只睡了半个小时。因为吃药多，她的手和脚都发肿，有时浑身还会发痒。她的老公除了耳聋外，还有心脏病和胃病。

她兴致勃勃地邀你去参观她父母的房子——“就在旁边哟！”那是一栋砖房，刷了白色，钢筋铁门上挂着“家和万事兴”的小牌匾。推门而入，客厅的地面上抹了水泥，墙上刷了石灰，但墙皮的颜色有些发黄。卧室里挂着白色蚊帐，钢管上吊挂着各类衣服。厨房里的灶台很大，有三眼火。侧旁的木桌上，有一个煤气灶。客厅里摆放着木沙发、木茶几、电视和冰箱。显然，这是连樟村里，最普通、最常态的居家模样。

她兴致勃勃地带你去参观她出生时的房子。那是一栋泥土屋。在虚掩的木门两侧，贴着红底黑字的对联；门旁是一堆整整齐齐的木柴。推门而入，你即刻被昏暗所包围，感觉屋里的一切都是黑乎乎的。她说除了奶奶在这里做饭外，现在这老屋已废弃不用了。那个灶房显得相当逼仄，而那个小灶台里居然还烧着柴。红黄的光芒泄漏了出来，让这个洞黑的空间有了一星亮光。

她的奶奶已经96岁了！她正在做饭！你简直惊呆了，整个人僵硬成了雕塑。那个老奶奶试图将搪瓷缸放进电饭煲里。她走路时整个身子都颤颤巍巍的，像是即刻就要摔倒，然而，她又将自己稳住，还娴熟地将电饭煲的盖子扣好，又转动按钮设置了时间。你看见塑料盆里泡着大米，发黑的毛巾吊挂在铁丝上，墙壁黝黑得像涂了墨汁。你惊讶地发现自己的眼睛正在逐渐适应黑暗，居然看到了木柜上放着的是酱油瓶和醋瓶，而木棍上吊挂着长长短短、厚厚薄薄的衣服。老奶奶的头发已全部花白，牙齿稀疏，眉毛淡浅，额头和脸颊上有大片的老人斑。她套着件灰紫色的长袖衬衣，深蓝色的长裤，赤脚踩着双湖蓝色的拖鞋。她走路时是拄着拐杖的。这么大的年纪还要自己做饭——你的心里涌起一股心酸的涟漪。更让你惊诧的是，这样一间灶房里，居然还有水龙头，还能使用自来水！

在灶房旁的那间屋子，就是陆永门出生的屋子。除了从屋顶漏下的天光照在床板上外，这里的一切也是昏暗的。因长期没有住人，屋子里还散发着一股强烈的霉味。那味道好像是有体积的，像一块僵硬的砖头，砸得你鼻孔发疼。大厅内堆放着陈旧的木椅，各种备用的农具，各种鼓鼓囊囊的袋子。这个女子先是出生在这间泥土屋中，又在侧旁的那栋砖房里长大。百转千回，她在遭遇了种种波折后，居然还那样的爽朗，总能发出阵阵笑声。这一切都让你心绪难平，感慨万千。

连樟村村民陆永门和她的奶奶，奶奶已经 96 岁，还能自己做饭。

解困房

1958 年出生的陆群仕，是田塘村小组的五保户。他穿着件灰色带黑点的长袖 T 恤，黑色长裤和黑皮鞋，一头短发下是一双浓眉和一对细眼。他说话的声音有些沙哑，总会情不自禁地挥舞着双手，面部表情极为丰富。和那些久居乡村的人比，他也算是见过世面的。他泡茶的动作相当熟练，而在那张玻璃茶几上，还有 3 个红牛易拉罐——那是他的烟灰缸。

他是独生子。小的时候，他家里的田很少，一年收入不过 2000 元。1999 年，当他的父亲去世后，他便将家里的地让给亲戚种，自己来到连江口镇搞装修。当镇政府盖办公大楼时，他也来帮忙干活。2002 年，当镇政府大楼盖好后，他便谋了个门卫的差事。这一干，就是 20 年。他的工资从最初的 300 元到 500 元，慢慢涨到现在的 1500 元，且包吃包住。他属于连樟村的五保户，每个月国家还补助 900 多元，所以日子算是“比上不足，比下有余”。

然而，说起自己的身世后，他却像个委屈的少年，陡然间眼眶发红，声音哽咽，几乎要落下泪来。他感慨自己的命运如此坎坷——在他 3 岁时，母亲与父亲离婚后改嫁他人。在他 6 岁时，有一次村里搞活动，他远远地看到了母亲，可母亲却没有对他有任何亲昵的举动。在那一次遥远的眺望后，母亲便再也没有出现在他的视线中。他觉得自己是爱母亲的，但那种爱却像一块发酵的面团，在不断地膨胀中发生了变异。最后，当那爱快要演化成了恨的时候，他选择了遗忘。

所以，在他的成长历程中，父亲扮演了双重角色——又是爹来又是娘。“父亲真是不容易，一手一脚地把我拉扯大。”他和父亲的感情是在相依为命的日子里建立起来的。所以，当父亲生病后，他照料得非常细心。父亲得的是肺痨病，天天咳嗽——这一咳、就把一个 70 多岁的人咳到了 80 多岁。那十几年的时间里，全靠他一人照顾。虽然看病和护理既花时间又花金钱，可谁让他是自己的老父亲呢！父亲没有别人可以依靠，而他也只有父亲这一个亲人。当父亲去世后，他感到自己像个孤儿——母亲离开他的时候，他年纪太小，所以那种被遗弃的感觉并不强烈；而父亲去世时，他却号啕大哭。

现在，他的生活非常有规律：每天都在镇政府上班，一年难得回村一次。他在连樟村没有建房，但他在镇里有一间解困房。“大约 30 平方米……”他用手比画着说，“不大。”但是，这房子的租金却相当便宜，“一年 50 元。”他是怎么租到这房子的？原来，当 2006 年政府开始建造解困房时，他便毫不犹豫地凑了 2000 元，之后，他便分到了第一批房子。虽然他平时都住在镇政府一楼的门卫室中，但逢年过节，他还是会回到那间小房子里去看看——那可是他的养老之地啊！2013年，镇里连降暴雨，致使北江河水上涨。河水从堤坝泛滥而出，甚至淹到了镇政府门口的台阶上，他的那间小屋亦未能幸免于难。河水落潮后，看到屋里一片狼藉，他心疼得眼窝发湿。后来，他将房顶重新翻修了一遍，又将受潮的边边角角都拾掇干净，才觉得顺心了许多。

他好手好脚，五官端正，目光机敏，言语清晰，但一直没有找到对象。他叹息道：“我中意人家，人家不中意我。”他说自己以前生活得好苦，而现在的日子是一天比一天好。每当夜深人静时，他的内心便活跃了起来——突然之间，他感觉自己好孤单。现在，他想找个老伴，好好地安度晚年。他并不自卑——“咱是有解困房的人啊！”

纯女户

傍晚时分，林金娣正在做饭，却又停下了忙碌的双手。当她看到弟弟和大女婿相继走进家门时，不禁喜上眉梢。自丈夫去世后，她一直处于郁郁寡欢的状态。有亲人来找她聊天，能缓解她心头的很多愁绪！林金娣穿着红毛衣和黑裤子，一头花白的短发，皮肤发黄，粗眉、细眼、厚唇。她看着干净而利落，但在她的额头、眼角和嘴角处，都有着深深的皱纹。虽然她说话的语速不紧不慢，然而，你还是听不懂她说的是什么意思——她一句普通话都不会说。故而，你和她的交流只能通过翻译来进行。在这个小村里，不会说普通话的人寥寥无几。显然，她和外界接触的机会非常有限。

她是个勤快人——米黄色的地板干净整洁，茶几和饭桌上都铺着彩色桌布，饭菜用罩子扣着，连楼梯上的杂物也堆得整整齐齐。65 岁的她有 3 个女儿，且都已出嫁。她生孩子的顺序是这样的——23 岁时生大女儿，27 岁时生二女儿，30 岁时生小女儿。随着 3 个女儿的相继出生，丈夫的脸色也越来越黑——他当然更想要儿子。

丈夫是这个家最主要的劳动力——他靠帮人盖房子挣钱；而妻子的贡献也不小——除了干地里的活，还要养育孩子，打理家务。

这家人的生活原本平平淡淡，然而在2013年，丈夫因高血压而引发中风。在医院做了开颅手术后，整个身体完全不能自理。卧床3年，共花了12万元的医药费，虽然公费医疗报销了一半，但家里也要掏一半。日子原本就紧巴巴，到哪里去找这6万元？她问弟弟借了1万多元，又问其他亲戚借了4万多元，总算凑够了钱数。丈夫既不能挣钱养家，每个月还要到英德医院去复诊，车费及换尿管的费用就要100多元，再加上几百元的医药费，也算是一笔不小的开支。妻子虽然竭力护理丈夫，然而在2016年时，丈夫还是撒手人寰。

林金娣的大女儿嫁的是本村人，生了两个外孙——大的19岁，在广州一家餐厅打工；小的11岁，还在上小学。丈夫中风后，大女儿和大女婿照顾得最多，因为两家离得最近。大女儿家也算不上富裕。大女婿说自己的屋子总是漏水，准备翻修一下。“要先建个临时住房，再把老房子扒掉重盖。”可是这几年建筑材料涨得厉害，哪怕是临时房也要花6万元；等把整个房子重新建起来，要花20多万元。他笑嘻嘻地说：“现在的人工很贵，一个人一天要花300元，太费钱，我就自己边学边干。”

林金娣家原来有4亩地，主要种水稻和花生。田里的收入很少，除了够自己吃以外，卖花生的钱还要用来买化肥和农药。现在，2亩地出租后，每年有2000元的租金；另外2亩地被征收后，一次性补助了6.7万元。每个月，她有200元的低保和新农保的140元，加上3个女儿的接济，日子还能过得去。但是她很要强，不愿坐在家里吃闲饭，经常去建筑工地打工，一天能挣 120 元。

丈夫去世后，她感觉异常孤单。平时在家里，她和丈夫总是有说有笑，可现在，她连个说话的人都没有了。逢年过节时，3 个女儿带着女婿和外孙们来看她，家里甚为热闹。可是等孩子们都走后，家里又变得异常安静。她对这安静感到越来越不适应。她的年纪越来越大，身体也越来越不好——原本就有腰椎间盘突出的毛病，后来又做了肾结核手术。手术后医生告诫她要静养，不能干重活。

平时，她在家里边做家务边看电视。她看《新闻联播》，也看天气预报，还看电视剧。她看电视并不是为了关注电视里的内容，而是希望家里有人影在晃动，有声音在喧哗。她的手里总是拿着块抹布，到处擦拭。她总能看到柜子上的灰尘、桌子上的灰尘、台阶上的灰尘。然而，这些灰尘今天擦了，明天又落了下来。

偶尔的空闲，她会想起打工时的那些经历——虽然辛苦，但时间过得很快，像蝴蝶的翅膀般倏忽而逝。而现在，时间像蜗牛一样。有时，她坐在丈夫原来睡过的床边，用手抚摸着床单，心里充满了酸楚。她不知道 3 个女儿的出生，在丈夫内心造成的阴影面积是那样的大。丈夫一直郁郁寡欢，但表面上还强颜欢笑。最终，疾病像雪崩一样压塌了这个男人。

林金娣有 5 兄妹，她是大姐。丈夫去世后，弟弟常骑着摩托车来看望她。弟弟和她长得非常相似——那眉眼和嘴角简直一模一样！然而，弟弟的皮肤更黝黑，也更健谈。弟弟说起姐夫生病的那段时间时，感慨万千。看得出来，他打心眼儿里心疼姐姐。现在，姐弟俩谈的都是家里的琐事，但每次谈完后，姐姐的心情都会格外轻松。现在，她要努力学会忘却，因为只有忘却，才能让她变得更舒坦。

连樟村村民林金娣是个极爱干净的主妇，
她把家里收拾得干净整洁。

扶贫车间

傍晚时分，邝秋桂正准备做晚饭，然而，厨房的空间实在太小，根本没办法放下那个钢筋锅，她便把锅搬到了屋外的空地上烧水。她用几块砖垒起了个灶台，然后，往里面塞了两根粗木棍。那钢筋锅的四周已被烟火熏染得发黑，只有锅盖在夕阳下泛出璀璨的光芒。

邝秋桂顶着一头很短的头发——从侧面看，简直像个男人。在褐色花纹的T恤外，她又套了件湖蓝色的短袖衬衫，腿上是条黑色的九分裤，赤脚踩着拖鞋。她的五官很秀气：淡眉、细眼、薄唇；她说话时腔调清浅，显得温和而节制。

2013年，她建这栋房子时花了4万元——自己的钱不够，还问娘家借了些钱。这房子异常狭窄，简直像城市里的那种单身公寓——大约30平方米。原来，她的宅基地就这么大的面积，所以建房子时便只能因陋就简。当你进入屋子后，感觉异常别扭——进门有个小厨房，窄得放不下一口大锅；屋内那稍大点的空间，算是卧室加客厅，堆放着各种尿素袋、电饭煲、电风扇、棉被和水壶；沙发上堆着各种塑料袋，床上吊挂着白色蚊帐，铁丝上吊挂着各种衣服。

因为屋子的空间实在有限，她便将有些事情搬到户外来干。譬如，在空地上烧水；又譬如，她用木棍绑了个梯子，可以爬到房顶上去晒干菜。这屋子的侧旁是片长满茅草的荒地，而她在里面挖出了块巴掌大的菜地，种了十几棵小白菜。因为害怕周围的鸡鸭猫狗来破坏，她还专门架起了木棍，围上了黑丝网。

她才刚刚 54 岁，可弥漫在脸上的却是一股浓郁的愁云。她只读了小学二年级，粗略地认识些简单的汉字。然而，对一个乡村女人来说，识字多少并不会对生活造成实质性的影响。对她们来说，最重要的是婚姻。和别的女人一样，她在年轻时便已结了婚。生了孩子，又离了婚。丈夫要和她离婚的主要理由是——她生了两个女儿。她不愿意，但也没办法。在分居了 3 年后，法院宣判她和丈夫正式离婚：小女儿跟父亲过，大女儿和母亲过。

离婚后，她分得了 1 亩水田和 3 块山地。水田里虽然种了花生和水稻，但收成也只够糊口。她曾得过急性肝炎，打针吃药花了一大笔钱，又因为体弱多病，干不了山上的重活，所以山地根本没什么收入。在乡村，如果一个女人在步入初老阶段时身体很差，离了婚又没有儿子依仗，那她的处境堪比一棵稻草。事实上，重男轻女在乡村依旧非常严重——生了女孩的妻子总是遭丈夫嫌弃！同时，“嫁出去的女儿泼出去的水”。2013 年，当她的大女儿结婚后，她便开启了一个人过活的模式。女儿婚后育有一子，日子也过得紧巴巴，难得回一趟娘家。

邝秋桂现在的情况十分尴尬——她只能划到贫困户中，而不能评上低保户。因为国家政策规定，如果有子女抚养者便不能评为低保户，而政府补助的养老金（每月约150元），要到60岁后才能领取。所以，她的日子不仅十分寂寞，而且十分清苦。2017年，扶贫干部推荐她到村里玩具厂的扶贫车间去上班。每天工作8个多小时，计件拿工资。这样，她每月有2200元至2700元的收入。刚开始坐在流水线的凳子上时，她总是觉得万般不适——不仅腰不舒服，而且总觉得眼前花花绿绿一片，什么都看不清楚。咬着牙坚持干了下来后，现在，她已成了一个熟手。打包装、串线、拼装……什么活她都能拿下来。在车间里干活的70人中，大多数是40多岁的中年女人。休息时大家一起聊聊天，时间过得很快。

位于连樟村的扶贫车间，村民在这里上班每月能有2000多元的收入。

嘉宝果

2019 年，当嘉宝果出现在陆奕芳的地里时，很多人都替他捏了把汗。嘉宝果是什么？它和砂糖橘、麻竹笋的种植有什么不同？它会不会也像鹰嘴桃那样，在挂了果后招来针蜂叮食，最终让果农空欢喜一场？但陆奕芳不管不顾地栽种下 200 多棵树苗，一棵就要花 60 元。他没有钱，而那卖苗的人说："等采果的时候再付苗钱！"所以，他便拿了苗。"不管成不成，总要试一试！"在他看来，"过去的事情就不管了，要往前看。"

嘉宝果又名珍宝果，因果形和风味与葡萄相似，又被称为"热带葡萄"。嘉宝果树的成长十分缓慢，但树高与树冠可达 10 米。当花瓣掉落后，小幼果便三五成群地探出脑袋，从青色变成红色，再变成紫色，最后变成紫黑色。让人啧啧称奇的是，嘉宝果树的同一枝干居然可以同时开花、结果、成熟，故而形成"果中有花，花中有果"的奇景。嘉宝果的果实生长在树干及主枝上，直径两三厘米，多汁的果肉内含有 1 至 4 颗小种子。它的果实像葡萄一样圆润，表皮结实而光滑，果肉多汁且半透明，口味甘甜，营养丰富。嘉宝果既可以生吃，又可以做成蜜饯、果酱、果汁、果酒。嘉宝果是一种极好栽培的树种——抗力强，病虫害少，成长期间很少使用农药。然而，在它结果期间却容易遭受鸟害。聪明的果农们便总结出经验——可以在树的外围覆盖上黑网，或者用双层报纸给果实套袋。

1971 年出生的陆奕芳，已经快满 50 岁了。他看起来很是周正，身量适中，体格健壮；而他的面孔也很顺眼：两道粗眉，双眼皮，高鼻梁，薄嘴唇，只是发际线稍有点高。在那件红灰黑相间的短袖 T 恤外，他又套了件黑黄相间的马甲，胸前写着“交通劝导”4 个大字。和村里的大多数男人一样，他娶妻生子，已成为丈夫和两个女孩的父亲。但是，他却比别人显得更加忧心忡忡——压在他肩头的生活重担，一直都没有减轻。他出生在贫寒之家，共有 5 兄妹，他是老幺。他在初二时辍了学——因为脚有伤，不能走路，他便在家休养。后来，等脚伤好了后，他感觉落下的课实在太多，根本补不上来，索性就退了学，帮家人在地里干活。他什么活都会干——耕田、砍木头、砍竹笋。在 20 世纪 90 年代时，一根木条能卖 2 元钱，而 100 斤柴头能卖 3 元钱。他每天都上山砍柴，砍下来的木头能卖 20 多元钱。那个时候，这些钱对家里非常重要——买肉、买菜、买调料。那个时候，家里有 3 亩地，种了水稻和花生，所以不用买大米和清油。到 1990 年之后，山上开始种麻竹笋，他便开始上山砍笋，再拉下山来卖。

他一直都没能找上对象——因为在田里干活，接触的年轻女性实在有限。眼看年龄已晃悠到 27 岁，他有些着急。他和现在的妻子是通过介绍认识的——从到女方家见面到领结婚证，只花了 5

天。女方家就住在附近村子，是一间低矮的平房。为了招待他，女方家端出了猪肉炒青菜和白米饭。女方家共有 9 个孩子：三男六女。介绍给他的女孩也是排行老幺，看着身量很高，皮肤有些黑，但五官很周正，他便应下了这门亲事。

结婚时，他借了 3000 元——其中的 1000 元是彩礼，而 2000 元则用来办酒席。结婚后，他一心想着赶紧把账还上，可村里的路是黄泥土路，离镇子有 12 公里，除了在地里找钱，根本没有其他门路。正当他犯愁时，另一件烦心事出现了——他发现老婆有问题。婚后几个月，一切都很正常。可等老婆怀孕 3 个月后，她总说自己头疼、头晕，总是一整夜一整夜睡不着觉。到医院检查后，确定是精神有问题。吃了药以后，老婆便开始睡觉，但一睡就是好几个钟头。生了孩子后，老婆依然头疼，只能在家里干点轻活。医生说她要特别注意饮食，千万不能吃热性的和辛辣的东西——这些东西会诱发病变。

他家只有 1 亩多地，种的是水稻，除了自己吃，几乎没有什么收入。现在，他家的主要收入来自麻竹笋——2018 年收入 1 万多元，2019 年收入 2 万多元。他每天都上山砍麻竹笋，一干就是 4 个多小时。虽然很累，但他知道，这是全家人主要的收入来源。山路弯曲而颠簸，下了雨后又格外湿滑。那一次，他一个没留神便翻了车——因为颈椎骨折，他在医院里躺了 3 个月，花了 6000 多元的医药费，自己掏了 10%。

他家的主要问题是劳动力太少——实际上，算来算去，也就只有他一个人。老婆不仅干不了活，还要吃药，每月的药费大约要200元；两个女儿都在读书——大女儿在肇庆学院读大学，小女儿在英德市读高中。让他万分庆幸的是，孩子们因为享受到了政府的生活补贴——每年每人3000元——所以都没有辍学。只有让孩子去读书，才有可能让这个家彻底脱贫，这一点，他比谁都清楚。

他家住的是楼房：两房一厅一厨房。他并不想再要一个儿子：“多生一个是更大的负担。”他说自己的两个女儿都很乖，放学后都会主动到地里干活。2019年，扶贫干部介绍他当村里的“交通劝导员”，每个月有3000元的收入，能缓解一下他的困境。一想到大女儿马上大学毕业，麻竹笋即将能有收入，他不禁长长地舒了一口气——在各种帮扶政策的托底下，他已将最难的日子熬了过去。

2018年10月23日，习近平总书记来到连樟村视察，留下殷殷嘱托：“乡亲们一天不脱贫，我就一天放不下心来。”

疾病

一个人降临到这个世界上时，他的母亲并没有事先和他进行商量。他就那样混混沌沌地开始长大。突然有一天，他的脑袋里会生出这样的疑问——我是谁？我从哪里来？为什么我是这个样子？当很多人通过各种方式度过了这个探索期后，生命就会像黄河在九曲回肠后进入大海，一切都变得坦坦荡荡。然而，对另外一些人来说，这种探索会越来越痛苦。因为他们发现，和周围的人相比，他们或者不漂亮，或者不聪明，甚至还不健康。

如果世上真的有造物主，那他对这些人是不是太不公平了？然而，达尔文却推翻了这种观点。他发现一只寄生在椿树身上的大青虫的天敌很多——有 400 多种鸟类、200 多种昆虫；而一只兔子则有 37 种天敌，包括鹰、猎狗、狼等肉食动物；但一只豹子或老虎几乎没有天敌。达尔文的答案是——越是弱小的生物，天敌就越多，受到的伤害也就越多。

达尔文于 1859 年出版了《物种起源》。他在这本书里讨论了两个问题——物种是可变的，生物是进化的；自然选择是生物进化的动力。在他看来，因为生物有繁殖过盛的倾向，而生存空间和食物又有限，所以，生物必须为生存而斗争。在同一种群中，那些能适应环境的个体将存活下来，而不能适应环境的个体，将会被淘汰。在你看来，达尔文的研究作为学术没有任何问题，然而，如果在一个社会中，到处都高呼着“适者生存”，是不是有些残酷？在你看来，对病人的帮扶，对老者的体恤，对孩子的关爱，对孕妇的照顾等行为，应该是一个文明社会的标配。

49 岁的陆奕林，经常穿着件白色短袖衬衫，黑裤子下是一双解放鞋。从体型上看，他精瘦而结实，但他的面相让人过目难忘——这张脸比主人的实际年龄要沧桑许多。在那张瘦长的面孔上，有着浓眉、细眼、高鼻和阔嘴，然而，在额头处的横纹、眉心处的竖纹和两颊处的法令纹，却像刀刻般一道又一道，释放出一种无声的愁怨。出生在杨梅坑村小组的他，和别人一样渐渐长大，之后他结婚，之后他当上了父亲。然而在他的脸上，却总是浮动着一团乌云。2001 年结婚时，他已 31 岁。婚后第二年，女儿便出生了，这让他欣喜万分。然而，他没有高兴太久，就发现了一件可怕的事情——老婆有问题。

从表面上看，她非常正常；但是，在某个时间节点上，她像是被一根魔法棍点到了脑袋，整个人即刻陷入失常状态。处于那个状态的女人真是可怕——完全听不到来自现实世界的任何声音，像一间屋子突然遭遇停水和停电。这种状态持续的时间并不长，有十几分钟，但处于那个状态中的时间似乎格外冗长。

老婆在医院做了各种检查后，被诊断为“脑发育不健全”。他疑惑：“为什么会得上这种病？”医生解释说，这种病主要是神经系统发育受损引起的。这个回答让他一头雾水，不明就里。医生进一步解释——形成这种病的原因有先天的，也有后天的。如果孩子的父母有家族遗传史，或长期酗酒，或接触过有害物质及辐射，或在药物的副作用下，都可能造成婴儿脑发育不全；如果母亲在怀孕期间患有糖尿病等疾病，早产儿在出生的过程中窒息缺氧，孩子患有脑炎或低血糖等，也可能会导致脑发育不全。医生叮嘱他要时时留心老婆的身体，因为这种病的发作没什么规律。患有此病的人，智力明显低于同龄人，且行动能力差。

为了给老婆治病，他去了英德、清远和广州，甚至还去了北京——他多么渴望专家和名医能妙手回春。然而，老婆的病情并没有明显好转，而家里已经贴出去了 10 多万元。现在，老婆每个月都要去广州看病，医药费在 500 元左右。已经上高中的女儿，每个月的伙食费和零用钱要 1000 元。他是这个家的主要劳动力，总在绞尽脑汁地想挣钱的法子。

2019 年的上半年，他上山砍麻竹笋，卖了 1 万多元；下半年，他又出门打零工，挣了 6000 多元。从 10 月份开始，在扶贫干部的介绍下，他当了村里的护林员，每个月有 3000 元的工资。护林员干三天休一天，每天工作 8 小时，主要是巡山和巡河。虽然这个职位只给有劳动力的贫困户，但也要试用 3 个月。“要有责任心，认真干，才能继续签约。”

作为低保户，他家每个月有 750 元的补助，加上老婆的 350 元残疾补助，共 1100 元。以前，他住的是泥土房，因年久失修，墙角都泛起了黑色，显得摇摇欲坠。现在，他住的是红砖房。这房子是 2017 年建起来的：两房一厅。刷着黄油漆的木窗上镶嵌着明亮的玻璃，卧室的床上撑起白色的蚊帐，客厅里摆着长木椅和石板茶几，柜子上放着电视和洗碗机。他家还有电水壶、电饭煲、电磁炉、高压锅、煤气灶，和城里人的厨房差不多。这栋房子政府补助了 4 万元，而他只掏了几千元。“如果没有补助，我是根本没有能力建房的！”他如此坦言。

傍晚时分，当你来到丘冲村小组时，整个村庄已陷入一种浓黑的色调中。虽然也有从窗户里渗出的灯光，但因周边的黑暗面积实在辽阔，所以那些灯光像星星一样微弱。当车停下来后，你简直迈不开脚步——所有的事物都显得模模糊糊，你不知该朝哪个方向走。你早已习惯了被路灯簇拥的生活，哪里见过这样如墨汁般的浓黑！突然间，在你的身旁亮起了一束光！原来，是陪你来的扶贫干部打开了手电筒。哦，手电筒！你有 30 多年没有见过它了！手电筒里射出的黄色光晕，让你看到脚下是一片草地，而在草地的前方，是两排房子——左边的低矮些，右边的高大些。突然，扶贫干部紧张地说：“你等一下。”他快步走到前面，将手电筒像机枪一样在草地上扫射了一番，好像是在寻找什么。当他返回来时，口气软了很多：“没有狗！”原来，村里的狗都是不拴链子的！你踩在草丛上，脚步显得趔趔趄趄——你已忘记了最后一次从乡村夜晚走过是哪一年。

陆社来一家正在厨房里吃饭。昏暗的灯光下，房间逼仄。你看到了一张小饭桌，还看到了黄泥墙壁被熏得发黑，以及塑料桶、塑料盆、塑料勺都塞在长条柜子里，灶上的铁锅敞开着，墙角是一堆木柴。这个场景有股泥土般的粗糙感，令你心尖一颤。你感觉自己好像在哪里见过一般——哦，凡·高的油画《吃马铃薯的人》，描述的就是这样一个晚餐的场景。只是，那幅画的焦点是吊挂在房梁上的灯。那种画家用粗拙遒劲的笔触所描绘的布满皱纹的面孔、瘦骨嶙峋的躯体，和眼前这场景十分相似。

67岁的陆社来身材干瘦，头发灰白且稀少，皮肤棕黄而发黑，双眼洞黑，脸颊处的肌肉像是被剔掉般深陷，套在身上的灰蓝色长袖T恤显得太过松垮，到处都是皱褶。在他身后的木板上，放着香烟、订书机、擦脸油和几瓶药——他是个肺心病患者。他们一家住在厨房对面的房子里——在璀璨的灯光下，一块块红砖清晰地散发着光芒，还有明黄色的木桌和木凳。灯光好像有一种神奇的效果——在厨房里表现出的那些枯燥，在砖房里全都被一一捋平了。陆社来家只有1亩地，租出去后一年的租金是1000元。为补贴家用，他便到山上去砍木头——年近七旬，他的力气比不过年轻人，砍下来的木头只能卖1000元左右。两个儿子已正式分家，他和老伴跟着大儿子过。三个人每月有750元的低保补助，加上他和老伴的340元老人金，日子还算过得去。

你在这个家的厨房里看到了小儿子：身材魁梧，声音洪亮。他也成家有子，原本在广州开泥头车，“一个月挣5000元，但很辛苦。”这个男人像一座黝黑的铁塔，浑身都散发着一种刚强的力量，让这个空间有了丰富感和饱满感。他对自己的现状颇为不满，但又没什么更好的办法。过几天，他要到100公里之外的地方去打工，“挣些辛苦钱”。眼瞅着父母年老体衰，而自己的孩子也要抚养，他觉得肩头的担子一点都不轻。

城市的吸引力把农村的青壮年都吸走了。和过去那种祖孙三代同时劳作在田间的场景完全不同，现在的乡村显得凋敝而荒凉，人气极为不旺。像陆社来的小儿子这样，被迫到外地打工的人在村里很多。事实上，如果乡村有更多的发展机会，他们更愿意留在家乡发展。

当你离开这栋房子时，对四周的黑暗已不那么恐惧。手电筒的光芒虽然微弱，但一直在前面温暖地导航着。你听到了一声长长的叹息——那叹息是被风吹打到你的耳膜上——你吓了一跳。原来，那是你自己的叹息。四周安静至极，想象中的狗一直没有出现，脚下的草丛一直起伏，夜色如辽阔而幽暗的海洋。

离开小村后很久，你都忘不掉那个场景，那个你一脚踏入一家人吃晚餐时的场景。那个瞬间令你惊骇——在那间昏黄的厨房里，你看到的是一种难以分析、难以说明的原生态生活；然而，还是这些人，当他们将你带到灯光明亮的红砖房时，他们的面庞又变得温暖和热烈起来。灯光多么重要——有灯光就有希望。

陆奕门已有 55 岁，但他还是个害羞的男人。虽然他的身材相当魁梧，但面部有着明显的缺陷——左眼大，右眼小且失明。他说母亲生了他和弟弟两个孩子，但弟弟是个健全人，已结婚。他的母亲已 75 岁，体型微胖，一头白发似雪，身穿紫色长袖衬衫和黑裤子，赤脚踩着双红拖鞋。她将桌上的碗筷收拾好，又端起塑料盆将水倒入高压锅里，手脚相当麻利。

母亲、弟弟和他住在一栋宽敞的砖房里——客厅里铺着淡黄色的瓷砖，电视柜上摆着超薄电视机，有姜黄色的木沙发、木桌和木椅。无论地板还是家具，都收拾得妥妥当当。他的卧室在屋子的最里面，窗户上吊挂着姜黄与明黄相间的窗帘，木板床上铺着凉席，木桌上放着台式电风扇和手电筒。他请你坐在茶几旁的木凳上，熟练地泡茶和倒茶，还热情地招呼你："喝茶！喝茶！"他周到而细心，言语机敏而幽默。现在，他每月有 510 元的低保金、200 元的残疾补助，老母亲有 150 元的养老金，日子也能过得下去。他家有 3 亩地，以前种的是水稻和花生，现在都租了出去，一年有 3000 元的租金。他一直都是单身。他叹息着说："我找不到老婆的，我不敢相亲。"

几天后，当你结束了在连樟村的采访，在连江口镇的汽车站旁等车时，与他再次相遇。等车的老爷爷们大多穿着黄胶鞋，或赤脚踩双拖鞋；老奶奶们则将花白的头发用桃红发圈束起，脚上是双雨鞋；年轻的女子则染着黄发，穿着坡跟皮鞋。人们的手里提着清油和大米，水桶里装着蔬菜，塑料袋里装着电饭煲。

你在这堆人里看到了陆奕门——他的模样实在太过特殊！当你向他招手时，你发现他的第一反应是想要躲开，可四下里又没什么地方躲，他便只得害羞地点点头。他问你："要回去了吗？"看到你点头，他便打开冰柜，拿出瓶矿泉水塞到你的手上，郑重地说："路太远了，你喝！"你的心头涌起一股暖流，但还是把瓶子推开："不用不用，谢谢谢谢。"看他非要坚持让你拿上时，你把包里的水杯拿出来："你看，我带水了。"他略有遗憾，又把矿泉水放回到冰柜里。他和你道了"再见"后，邀请你再来村里玩，还朝你挥了挥胳膊。

当你坐在晃动的大巴车上时，既感到异样的温馨，又感到异样的伤感。陆奕门所做的这一切，都显现出他是个观察敏锐、内心善良，且很有修养的男人。其实，他的身材相当魁梧，四肢也很健全——当然，除了眼睛。你很难设想，当他还是个孩子时，第一次照镜子，内心会涌起怎样的痛苦？他一定会奋力地摔碎镜子，然后将自己摔在床上，久久地躺着爬不起来。

你揣测，他一定会想不明白，这种因相貌不同便陡然间被排斥在生物链底层，一辈子孑然一身的命运，是谁造成的？从这个角度来讲，达尔文是残酷的。如果人们相信世间万物是由造物主创造，那有的人便可以责备造物主对自己太不公平；如果世间根本没有造物主，那么在进化的道路中，你又不得不面对这个残酷的问题——为何是自己成了残次品？你揣测，绝望中的陆奕门一定会流下大滴大滴的眼泪。然而后来，他还是下了床，开始吃饭和走动。看到村里的人时，他的嘴角挂起淡淡的微笑。那个时候，他已不在乎别人眼神中的那丝嘲讽。随着时间的增长，那种尖锐的痛感会慢慢地迟钝起来——他逐渐适应了别人，别人也逐渐适应了他。

如果这就是他的命运，他便必须坦然接受。他想，也许造物主是存在的——他有很多个孩子，有些孩子生来就倍受宠爱、娇生惯养；而他却是那个沉默胆怯、不受重视的。然而，既然已经来到了这个世界上，每一个人便都拥有微笑的权利。

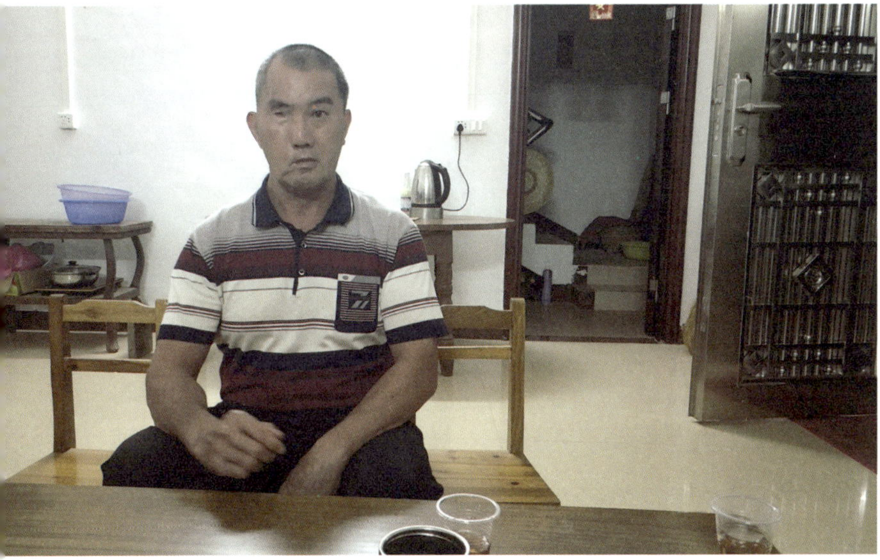

连樟村村民陆奕门因面部有缺陷而从小被人嘲笑，
但他仍然感恩生命，对生活充满信心。

声音

中午时分，邓承仙正在睡觉。邻居拖着竹子在她家房后走动的声音，令她陡然惊醒。那种在别人听来只是“唰啦唰啦”的声响，通过她的耳膜和心脏，便被扩大成鞭炮炸裂时的“噼噼啪啪”。那声音如此猛烈而劲爆，令她在床上发抖不止，感觉世界末日就要来临。在这个世界上，这个女人最害怕的东西就是声音。无论怎样的声音，都会让她不舒服——电视剧中那人将杯子往桌上一放的声音，医院里护士将公章在纸上一盖的声音，吞咽口水时听到从自己喉咙里传来咕嘟的声音……这些都会让她心跳加快，汗毛倒竖。声音让她害怕，让她惊悚，让她忍不住浑身打摆子。

邓承仙穿着件姜黄色的长袖 T 恤，黑裤子，赤脚踩着一双拖鞋，扎着一束马尾辫。她的新家就建在旧房子的对面——那栋砖房的外墙上刷着白石灰，地面上铺着防潮砖，客厅里摆着木沙发和木茶几。你目光所及的还有电饭煲、烧水壶、电视机和消毒柜。可以说，这个家里的电器，一应俱全。阳光从敞开的大门和窗户里射进来，让整个房间显得格外亮堂——这屋子简直是你在这个村子里看到的最明亮的屋子！你不禁感慨：“你家的采光真好啊！”但女主人马上说：“夏天的时候比较晒。”她的普通话相当标准，表达能力也很强。当她在说话的时候，总是配合着眼神和手势，整个人显得生动活泼。

她家有3亩地，种的是水稻。年轻时，她和别的女人一样，“满山跑，干多少活都不觉得累”，但是到了46岁后，她发现自己的身体好像变朽了。她总是处于紧张和焦虑之中，总感觉心跳得厉害，身体像要吹爆的气球，头顶上有一根导火索。更为可怕的是，她被声音折磨得好苦好苦。有时，她正在家里干活，突然听到外面有很大的声响，好像是从音箱里放出来的音乐。然而，当她出了门后，却又什么都听不到了。但是，当她返回到房内，耳畔又是一片巨响。

她的丈夫总是咳嗽，而且越咳越厉害。到医院一检查，原来是肺癌。从2000年到2010年的10年间，她带着丈夫到处看病，医药费共花了6万多元——有一次，他们在佛山的医院看病，一次就花了2万元。眼看着丈夫一天比一天虚弱，她的心里十分难受，却毫无办法。2010年10月，丈夫在病痛的折磨中撒手人寰。

她说就是从那个时候开始，自己的身体变得很不舒服。最初的征兆是心跳加快，怎么都控制不了。她感慨：“以前干活很舍得出力气，干完了地里的活，又到山上去干，满山跑都不觉得累。”有一次，她挑着竹笋回村。当她要过河时，水突然涨了起来，直淹到腰部，把她差点儿都冲走了，但她还是挑着笋爬了上来。以前，她能挑动120斤的笋，而现在，连90斤都挑不起来。“腿承受不了那重量。”

46 岁是个分水岭。她记得十分清楚，“就是从那一年开始到医院的”。她觉得身体越来越不好，总是出汗——浑身上下都冒汗，尤其是胸窝里的汗更大。“睡个午觉能把床板湿透一半，身上的衣服全都湿透了！”她感觉到处都疼——有时是两侧的腰眼疼，疼得直不起身来；有时则是胸腔有刺痛的感觉，像是有剑穿过；她还能感觉到从心脏到胳膊的血脉不畅通。她形容自己的心脏内部——“像灯泡在慢慢地暗下来，太阳在一点点落山”。然后，她瞪大眼睛，直直地盯着你：“我的心脏里面是黑的和暗的！”然而，在另外的时候，那颗心脏又像突然被通上了电，热流从里面汹涌而出，直传到脚趾，让整个身体控制不了地想下跪。有时，她睡到凌晨三四点，突然被惊醒，发现自己的右腿下部丧失了知觉。她便抱起腿来朝地上用力一摔，再用手连续拍打，最终才能慢慢地恢复知觉。

那时，村里还没有开通公交车，她便叫亲戚开车送她去英德人民医院。一见医生，她还没开口说病情，眼泪就先忍不住掉了下来。虽然她好手好脚，但她过得实在辛苦。那个心血管科的医生问她——“是不是生活压力大”，她却摇摇头。经过各种检查，医生告诉她得的病是心脏神经官能症。同时，她还患有甲状腺功能减退、更年期综合征和抑郁症。在医生的建议下，她开始了住院治疗。可是，在医院的生活，“实在是太可怕了”——那头破血流的男人喘气的声音让她难受；那护士推着带轮子的车踢踏跑的声音让她难受；那病人揪着头发从喉咙里挤出的呻吟让她难受；那半夜有人睡不着用指甲抓墙的声音也让她难受。于是，她强烈地要求——出院回家！

她按医生的嘱咐吃药，也按照医生叮嘱放松心情，但她的病情越来越严重。譬如，听说第二天要坐车出村时，她就开始心跳加快，一直焦虑不安，等到坐在车上后，心跳非但没有平缓，反而更加厉害；譬如，有时她躺下睡觉，总感觉被一双大手按住脖颈，怎么都无法动弹，最后，她要费很大的力气挣扎，才能让自己从梦里醒来。

她总是睡不着。有时努力地睡着了，但又总是被惊醒。如此反反复复地折腾，令她痛苦不堪。她再次到医院时，看的却是心理科。心理医生十分详细地询问了她的家庭情况。她坦言自己有 3 个孩子——大女儿 28 岁，已结婚；小女儿 26 岁，在外面打工已 10 年；儿子 25 岁，在广州上大学，学的是会计专业，正在找工作。她是低保户，每月有 753 元的低保补助。医生劝她想开一点，放松心情，多到外面走走，多干活，慢慢调节一下就好了。医生给她开的安眠药是进口的，一片要 50 元。“怪得很！那药吃完就睡着了！”

睡眠的情况改善了之后，另一种病情又爆发了——甲状腺功能减退。这种病的表现是头晕、头疼、耳鸣、记忆力差。于是，在她吃的一堆药里，又加上了一种“左甲状腺素钠片”。她在家里用电饭煲煮饭时，经常会忘记插电——等到要吃饭时才发现，米还是米，水还是水；她非常害怕明火——家里虽然有煤气灶，但只用过一两次，因为她总是忘记怎么打火；可是，当她用电磁炉煮汤时，又会因为恍神而让汤溢出来。

她对自己的身体产生了深深的担忧，所以对药物有了强烈的依赖感。看到电视广告上说北京有种药多么多么好，她便信了。那药一盒 1300 元，她一共买了 3 万元。家里的亲戚听说后，马上阻止了她："你上当了！再别买了！"她翻箱倒柜，找出个小本子给你看，上面写着一个"北京朝阳区"的地址。她盯着你，满脸狐疑："北京还能卖假货？""可我吃了后，真的舒服很多啊！"

邓承仙带你去看她的地。那块花生地就在路边，只比一张圆桌稍大一点，但这并不妨碍她凝望它时，眼神里流露出母亲般的慈爱。那块地的形状很不规则，三垄花生苗不足 10 米，稀稀拉拉地摆开架势。那些植物的叶片发黄，一派蔫头耷脑的样子，好像还没有野草长得精神。邓承仙絮絮叨叨："花生和人一样，刚开始叶子油绿油绿的，后来慢慢变黄，等快成熟的时候就会长出黑点，就像老人斑。"她好像在嫌弃这些家伙，"看看，还没有收呢！"她拢起一把花生杆，用力一拔，植物的根须便被拔了出来。那些椭圆状的小东西上粘着很多泥土，就像刚出生的胎儿身上粘着汁液。当女人低头凝望那些小家伙时，眼角、眉梢和嘴角全都飞扬起来。她抖着花生的根须，试图将泥土掸下去，但那动作格外轻柔，生怕让哪颗花生落在地上。

她现在住的房子是 2017 年建的，花了 12 万元。"如果没有政府补助的 4 万元，这房子无论如何是盖不起来的。"逢年过节，扶贫干部们还会拿来装着 300 元钱的大红包。老房子的厨房就在新房子对面——屋顶上的瓦片坍塌出一个洞，屋外的墙基黝黑发绿。进入内里，像进入一个洞穴：从墙根到屋顶，一色全黑。这间厨房里堆着一大摞竹编筐和一堆木柴，还有各种坛坛罐罐、脸盆、水桶之类的杂物。虽然因盖房子借了3万元的债，买门窗和钢筋的2.6万元也是赊的，但她并不后悔建新房。显而易见，新房子到底不一样——更敞亮！更干燥！更卫生！更方便！她常常拎着筐子去房顶晒干菜，幻想着能再攒点钱，可以再加高一层。在扶贫干部的鼓励下，她准备在地里种蔬菜和西瓜芭乐，可以多卖点钱。现在，她的小女儿和儿子都在外打工，每年大约有5万元的收入。她带着你一起来到屋顶。在这个制高点上，她能举目四望——这个家的日子，瞅着是越来越好了。

邓承仙（右一）饱受病痛折磨，她向作者形容自己的心脏“像灯泡在慢慢地暗下来”。

木匠

从中心村小组到杨梅坑村小组，不仅要路过一条弯弯曲曲的山路，还要路过一截窄桥。那桥身似乎刚好装下车身——司机只要稍微一拐方向盘，整个车身便会即刻落入桥下的河水中。过了桥后，司机又曲曲折折地绕了好几个弯，终于，在一栋砖房前刹了车。陆奕罗的家就在这里。门前环绕着一条水泥板隔成的小溪，十几只母鸡在叽叽喳喳地漫步，铁丝上吊挂着 T 恤和毛巾。进入屋内，你看到水泥地面十分整洁，木沙发和木方桌被擦拭得相当干净。电视、冰箱、消毒柜、烧水壶一应俱全。1961 年刚出生时，这个男人的身体还是健全的，可在他 2 岁时，得了小儿麻痹。现在，他穿着深蓝色的长袖 T 恤、蓝色长裤和黑色皮凉鞋，坐在你面前。

他的五官显得相当周正——粗眉深目，高鼻厚唇。皮肤并不黝黑，反而有些姜黄。虽然额头和眼角也有细细的皱纹，但这依旧是一张中年男子的面孔。他说话的声音很低沉，语速也不是很快，但显然，这是个思维敏捷的男人。从他的眼神里射出的目光，机敏而尖锐。他举起手指有些懊恼地说："手受伤了，干不成活，真急人。"他是一天也不想休息的那种人。在他看来，干活不仅仅是为了挣钱——他人生的全部意义，都凝结在劳作中。

当他拄着拐杖往前行走时，左手紧紧地抓着拐杖的头部，而右手则抓着拐杖的中部。他将全身的重量都攀附在拐杖上，好像将整个身子吊挂在那根木棍上一样。他就这样艰难地往前挪一步之后，再挪一步。然而，他走路的速度一点也不慢，和正常人迈开大步的节奏差不多。他的脊椎骨向外鼓凸，形成一个大包。正是这个大包让他的上身无法直立，加上双腿也比一般人软，所以他的整个身体显得非常矮小。

他遗憾自己只上了两年小学——到学校去要走山路，而且要走一个多小时。早上出门时要带上中午的饭，傍晚时才能回家。晴天时还好些，如果遇到下雨天，山路就特别难走。他的脑子特别灵光，学什么都很轻松。但是后来，他还是放弃了上学。当木匠的想法生发于 20 岁——他总不能这样甩着手过一辈子。别人都去山上砍木头、砍麻竹笋，可那些活他干不了；家里有 2 亩地，可以种水稻也可以种花生，但他也干不了。他把地都让弟弟去种后，盘算着干一些力所能及的事。他的腿不好，能选择的职业范围非常有限。思忖了几天后，他把目光锁定在“木匠”上。

然而，掌握木工活并不容易——他根本找不到师傅来教自己。他家住在山区，路途太远，而且，他也掏不起请师傅的费用。于是，他便自己买原料，自己看尺寸，自己琢磨着干起来。最初，他先试着做一些简单的产品；后来，他便开始做复杂的。就这样，他慢慢地摸索了十几年后，才感觉自己算是个熟手了。他的家里放着一张桌子，四方四正的，显得端庄厚重——棕黄色的桌面异常平整，4

条桌腿异常稳当，桌面与桌腿的衔接异常平和。然而，这张桌子却和普通的桌子有明显的不同——桌腿要更矮一些。显然，这是主人为自己量身定制的；显然，这不仅是主人家的一件物品，还是他的展览品。

说起自己最擅长做的，他有些得意：“木桌，当然是木桌！”“可是……”他的声调又低了下来，“现在，很多人都到市场上去买桌子了！”他还擅长做圆木桶——榨花生油的时候，要把花生先放在木桶里蒸，再在大锅里炒熟后去榨油。你曾在连江口镇的榨油坊里见到过那种大桶——有 1 米多高，腰身粗大，虽然只卖 100 元，但销量依旧不是很大。

他推开侧旁房间的门——这是他的工作间。一台黄绿色的机器出现在眼前——台式平压刨木工多用机床，型号为 MLQ342。这机器浑身簇新，是扶贫干部通过各种方式为他弄来的。房间里堆着的那些圆木棍，都需要用这个机器裁成木板，才能做成各种箱子或桶子。他用手指抚摸着那机器，眼神里流露出慈爱的笑意。他不断地赞叹道：“这个和以前的那个不一样啊！这个功能很多！”当他坐在机器旁开始工作时，整个人都显得神采奕奕，像舞台上的演员被一束追光所照耀——他的肩膀、他的胳膊、他的双手都配合着他的目光，让木棍被刺啦刺啦地切割开来。一切都显得那样机敏、灵巧而迅速。在这台机器面前，他获得了一种尊严。

现在，他主要以做蜂箱为主。因为名声在外，所以无论是连樟村的养蜂人，还是村子周围的养蜂人，都会到他这里来定做——陆飞庭的蜂箱就是在他这里做的！一个箱子的售价是 60 元或 70 元，除去成本和人工，可净赚 30 元左右。状态好的时候，他一天可以做两三个，能挣 60 到 100 元。每个蜂箱的规格都不相同，要按养蜂人定的规格来做。每年，上门来找他做蜂箱的人大约有 50 个，这些人能为他带来 1 万多元的收入。蜂箱看起来容易，但做起来十分复杂。他拿起一个木框比画着说："要想做好蜂箱，是很不容易的。"做蜂箱不能用杂木，一定要用杉木，因为杉木比较轻，便于搬动；箱内还要放四五个隔板，隔板上还要装上纱布。

他没有找老婆——"不敢叫人介绍。"他叹了一口气——"怎么好意思呢。"他每个月有 460 元的低保补助和 150 元的残疾补助。可是，他却一点也不愿闲着。他愿意干活——哪怕是苦活和累活，他都愿意干。因为，"做才有，不做没有。"有时候，他做活时弄伤了手指，医生让他休息，可他却在屋子里走来走去，异常难受。

突然，门外走进一位粗壮的男人，说是来送木头的——原来，是村里的扶贫干部联系了附近的农场，给他赠送了 5 立方米的杉木。他立刻拄着拐杖朝外走。虽然每走一步，他的身体都要花费很大的气力，但他还是走得那样快、那样急——他一心想要看到那些木头的模样。路过那堆叽叽喳喳的母鸡群，又路过盖着黑瓦片的那栋房子，还路过挂着“我爱你中国”的红色横幅，终于，他来到了道路的拐弯处。当他的身子倚靠着拐杖停下时，他的脑袋只比那拐杖高出一点点。

是的！那手扶拖拉机的车斗里，塞满了粗粗细细的圆木棍。于是，他指导着司机将车倒入一片空地。他的声音略微拔高了几度：“倒，倒，再倒！好了，好了。”司机从拖拉机里走下来，将车斗上的两根直立木棍拔掉后，那些木棍便呼啦啦地散落了下来。司机返回驾驶室，将车斗的前端抬升起来，形成 40 度角，让那堆木棍缓慢地滚下来。当司机将拖拉机轻轻往前一抽，在那灰绿色的草地上，便留下了一大堆棕黄色的原木。你看到那木匠的眼睛里闪着光。他似乎已看到这些木头变成了一块块板子，在他的指挥下，通过拼贴和镶嵌，变成了各式各样的物件。使用那些物件的人都知道，那东西是陆奕罗做的。

他从来不觉得自己倒霉，也从来没有抱怨过自己的父母。他能深切地体会到父母的辛苦和不易：“在那样的环境下，我的父母没有遗弃我，我已经很感激他们了。”他说他小的时候，从村里到镇上要走 4 个小时的山路。当他生病后，就是这可恶的山路耽误了对他的治疗。然而，他很快就释然起来：“现在好了！坐公交车，20 分钟就能到镇里了！”从表面上看，他是个相当可怜的人——个子那么矮，每走一步路都那样费劲。然而，当你和他接触后，却发现他是个相当坚韧的男人。原本，他是个“无劳动能力的贫困户”，可是，他不仅通过劳动让自己变得有用，而且充满了对他人的理解和同情。他在生活的磨砺中所闪现出的人性光辉，是那样的璀璨。

连樟村村民陆奕罗拄着拐杖等待送木头的车到来，
那些木头将在他的加工下变成各式各样的物件。

糖

城里人把蜂蜜分为冬蜜和春蜜，可到了养蜂人陆飞庭的嘴里，便是冬糖和春糖。“唉，冬糖贵春糖贱哦。”后来你发现，在他的词汇表里，“糖”既表示蜂蜜，又表示花粉；后来你还发现，其实“糖”不仅是他的执念，还是他的希望。穿过村里那一栋栋黄泥黑瓦的土屋时，你惊诧于那些屋宇像九旬老人般依然挺立，但墙体上则裂出一道道缝隙，如久旱无甘霖的戈壁滩，而那一孔孔窗户，则像一个个幽深的黑洞。那些废墟般的屋子摇摇晃晃，这样的屋子着实不敢再住人。你探头进去，里面早已搬空。

陆飞庭住的那栋红砖楼房显得格外威武，不仅高大，而且气派。在二楼的阳台上，还挂着条横幅——“头纯酿酒坊，现蒸现买，好喝不上头，免费品尝”。步入客厅，你看到红砖墙上涂抹着一道道白灰，颇有些后现代工业风的味道。客厅很宽敞，堆放着一坛坛老酒，有的封着红布，有的用塑料盖着，还有的用大筐箩压着。然而，陆飞庭却不是这些酒的主人——这是亲戚寄放在他这里的——他的主业是养蜂。

陆飞庭的身量不高，差不多有 1.6 米，虽然精瘦但很是硬朗。他看起来整整齐齐且干干净净：灰白色的短发下，是一件没有褶皱的浅灰色长袖衬衫，配一条深灰色长裤。他的脸盘不大，但五官长得很精致。端详其面目，可揣测他也曾是个清秀少年。然而时光飞逝，此刻的他已是一位老人家。虽然一个人生活，但显然，他是个勤快人。木质沙发上铺着毡子，茶几擦拭得干干净净，香烟、茶叶摆得规规矩矩。他燃起一根烟，嘴角挂着浅浅的微笑，礼貌而颇有分寸，有一种见过世面后的豁达与从容之感。他感慨自己的砖房是 2016 年冬天盖起的——他说虽然自己掏了 5 万元，但政府补助的 3.4 万元却是雪中送炭，否则，他还得圪蹴在那些摇摇欲坠的老屋中。

你注意到陆飞庭的双手又黑又瘦，暴露着青筋，像胳膊上又戴了双黑手套。这是一位 72 岁的老人的双手。可是，这双手似乎已经年满 92 岁了。它凝结了岁月无尽的苍凉，比主人的面孔更显苍老。陆飞庭那套着衬衫的身材稍显单薄，眉眼间的微笑也相当淡然，说话时不紧不慢。一个人过了一辈子，他用的就是这种不紧不慢的节奏。他有 4 分地，种的是水稻，收下来的大米刚够自己吃。作为五保户，政府每月给他补助 700 元，加上新农保的 170 元，足够维持生活，但他依旧坚持养蜂。

退休？不，他并不打算退休，甩着双手享受福利。他喜欢养蜂，而且干得相当不错，为什么不继续干呢？事实上，养蜂带给他的乐趣，绝不只是卖出蜂蜜后点钱的快乐。养蜂是他一生中最重要的一件事，也是他最有经验的一件事，所以，他要在能干得动的时候继续干。虽然现在，随着科技的进步，人们可以用手机购买各种商品，让他感到自己跟不上时代，但是，无论时代如何变化，蜂王还是蜂王，工蜂还是工蜂。

他在年轻的时候，干过不少工作——这会儿在林场打工，那会儿在茶场干活，甚至还在育种场也干过那么一阵。然而最终，他的职业规划里只剩下了一个可选项：养蜂。他在木匠陆奕罗那里定制了一批蜂箱后，便在家里开始操作。这一养，便把一个人的半辈子晃了过去。现在，他的院子里还摆着 20 多个蜂箱。他有些得意起来："最多时，有 60 多个蜂箱呢！"这些蜂箱每年能为他带来 2 万多元的收入。

他的一生，看起来似乎有些单调和乏味，尤其是后半生的这 30 年，他只干了一件事：养蜂。然而，他却深深地爱着这个工作。为了酿出上好的荔枝蜜，他带着蜂箱从村里到从化去赶花。从化是个很远的地方，没有直达的交通车，他便到处打听，试图和别人拼车去——"出去"一趟 300 元，"进来"一趟又是 300 元。在果园的荔枝树下搭起帐篷，他和他的蜜蜂一住就是一个多月。那些荔枝树的主人一见他就笑眯眯的："来啦！来啦！"原来，荔枝开花时如果"糖"——花粉——太多，就会把花沤死。冬糖要在每年的 12 月至 1 月采摘，因花开得少，糖就珍贵，故而一斤大约能卖 50 元；春糖在每年的 4 月采摘，一斤 15 元，贱的时候，10 元、8 元也卖过。

他会留一点“糖”给自己喝。那些“糖”就装在塑料瓶中。当他拧开瓶盖，让液体缓缓地流淌而出时，那金黄色便和红茶融为一体，让茶水变得甘甜醇厚。那一刻，他抿了抿嘴，感觉内心百分之百的满足。他凝视着你：“喝呀！喝呀！”于是，你便端起了塑料杯。他酿造出的蜂蜜——或者说是“糖”——味道极其清浅，只在舌尖上有点微甜，像洞口外的一丝亮光般若隐若现。有客人来买他的“糖”，他从不随便抬价——他的“糖”就是他的闺女，他希望“她们”能嫁到好人家去。看到有女顾客来买，他狐疑地上下打量着对方，然后轻声地叮嘱：“要是怀孕了可不能喝啊！”

他养的这些蜂是从山上整箱抓来的。要想养蜂，便要了解蜜蜂的习性，否则，“它们就会集体逃跑”。看到你瞪大眼睛，他又得意地笑了起来。他说他的那些经验都是慢慢积累起来的。他发现，蜜蜂和大多数要冬眠的动物刚好相反——它们在夏天时要休息。“千万不能动，一动就要跑掉。”他说话的语调越发温柔，“蜜蜂只有 40 天的寿命啊！”他能一眼就看出谁是蜂王——“它的身体有些发黑。”一群蜂与另一群蜂相遇后，其中的一只蜂王一定会被蜇死。

有的木箱上压着泡沫塑料，有的则压着红砖块，有的则盖着块毛巾——是因为蜜蜂不喜欢亮光？当他打开蜂箱时，那双粗黑的双手似乎充满了柔情。他小心翼翼地抽出一块隔板给你看——蜂巢是一排排有着黄色圆孔的小洞，但都被蜜蜂覆盖着。那些蜜蜂黑黄夹杂，一个叠一个，轻轻地蠕动着全身，发出“嗡嗡嗡”的低音。在你看来，那场面着实骇人——你终于明白密集恐惧症患者到底在害怕什么。那场景就像你从50层高楼俯瞰十字路口，底下全是黑压压蠕动的人群。而你自己总是控制不住，想要从栏杆上飞身而下。

另一个场景更让你惊诧——陆飞庭双手端着隔板，低头凝视那些蠕动的小家伙时，瘦削的面庞上浮现出一个饱满的笑容。他像父亲抱着自己的头生子，满眼都是疼爱。这疼爱根本无须多言，只要看一眼便能知晓。终于，顺着他的目光，你发现了另一个世界——蜜蜂虽然挨挨挤挤，但透过缝隙，你能看到下面是一个璀璨的黄金世界。所有的蜜蜂都将脑袋对着那些孔洞，用嘴和脚不停地工作着。它们的翅膀在阳光下，像一个微型小雨衣，包裹着黑黄相间的肉身。它们的脑袋发黑，像戴了个小头盔。那头盔是特制的，刚好与底部黄色孔洞匹配。于是，一个黄洞里埋着一个黑头盔，而那些洞是一个挨着一个的，密密麻麻连成一大片。

如果蜜蜂想飞走也是可以的，每个木箱的底部都有一个洞，虽然被一块铁丝网给堵住了，但那窟窿还是能让蜜蜂钻出来的。有那么三四只蜜蜂在窟窿处“嗡嗡嗡”地飞着，但很快，它们又钻了进去。你惊诧蜜蜂为什么又回去了，可陆飞庭却一点都不吃惊。他这样解释：“那里是它们的家啊！它们是要回家的！”当老人说出“家”这个字时，那样的郑重。突然，你对自己的无知感到羞愧。唉！你不懂蜜蜂，更不懂蜜蜂对家的感情。在你的知识谱系里，从来都不认为知道蜜蜂的家是件重要的事。

他将木板竖起来之后，奇迹发生了——所有的蜜蜂都牢牢地攀附着巢穴，并没有让它们的队伍发生一丝一毫的改变。之后，最令人惊骇的一幕出现了——当他将隔板放回蜂箱时，你看到箱子内部还有三四块相似的隔板，每一块隔板的正反两面，都密密麻麻地攀附着一大堆蜜蜂。一层毛茸茸之后是另一层，层层相连。最终，他稳稳当当地将板子卡在箱子上后，那些蜜蜂便都隐入暗处，像是回到了深夜。他将塑料薄膜轻轻遮住木箱的顶部，又拿起一块装着细纱的框子扣在塑料薄膜上，最后盖上木板和毛巾。

他是在养蜂中重新认识了自己的——起初，他认为自己是个瘦小而虚弱的男人，又没有太多的钱，简直像山路上的树叶般随处可见。后来，他发现自己能和蜜蜂互动，他比别人更能察觉那些小家伙的心思。一旦它们想从休息状态置换成活动状态，只需扑棱一下翅膀，他便会接收到信息。他由此而得意起来——他觉得那些蜜蜂很听从他的指挥，由此，他便成了蜜蜂的统治者。

他长时间盯着被蛰死的蜂王。在经历了一场血腥的搏斗后，蜂王的灵魂离开了它的肉体，让那个拥有翅膀的小飞机不再飞翔，而变成了一具没有温度的模型。别人看不见蜂王的灵魂，而他却能看见。他知道那个小影子一直围绕着自己的肉身不断地旋转，最终，那影子像雾一样飞走了。作为蜜蜂的统治者，他却无力阻止蜂王的争夺战。虽然他已非常了解那个拥挤的小世界，但有时，他依旧会感到茫然和惆怅。他从那个世界里体会到了顽强，也从那个世界里体会到了悲凉。

这么多年一个人过，他不是没想过娶老婆，可是“想过想不到啊”。他说自己“人丑、家穷、没人要……”年轻时，他家里的生活实在是太穷了。他家有 5 兄妹，他排行老四。吃饭时，一桌子挤着十几个人，一个月最多只能吃到一次肉。他说自己人穷气短，所以，“根本不敢看女人”。每当有女人看他时，他都会感觉身上穿了件不合适的衣服，不敢深呼吸。他的局促是那样强烈，以致把看他的女人都给吓跑了。在他 40 岁时，来了个外地的女人。短暂地交往了一段时间后，那女人还是离开了小村。到 50 岁后，他渐渐绝了想找老婆的念头。

夕阳笼罩下的连樟村，有着童话般的迷人气质——稻田从金黄色转为铁锈红，碧绿的番薯叶变成了墨绿色，红砖房和它的影子逐渐融为一体。清新的空气像一缕纱布，而在那一声或两声的狗叫里，又混合着鸟儿的叽叽喳喳。陆飞庭走在田埂边，腰板挺得笔直。这里是他出生的地方，也是他生活了一辈子的地方。他是个如此平凡而简单的人，却又如此的真诚和质朴。他将自己全部的柔情都献给了这片土地，而他也收获了独属于自己的那一份“糖”。

连樟村村民陆飞庭将自己全部的柔情与热情献给了蜜蜂，
而他也收获了独属于自己的那一份“糖”。

天河客运站

只需要一个多小时，大巴车就从连江口镇到达了广州天河客运站。从早上 7 点开始，到下午的 6 点 40 分，每隔两小时左右，都有一趟从镇里发往广州的班车，票价为 50 元。大巴车司机把着方向盘，一路都在飞奔，像一个溜冰运动员在表演。大巴车不断地超车、超车、再超车。一眨眼，它已将大货车、小汽车等都甩得远远的。

从大巴车上下来，你感觉眼前一阵眩晕——车站里不仅人多楼高，而且到处都是喧嚣声，令你万分不适。你来到侧旁的天河新天地，发现里面的很多铺位都空着。在楼顶的电影院，《少年的你》票价为 70 元。你坐在楼下的麦当劳，发现周边的年轻人，大多穿着白色 T 恤、黑色九分裤、白色运动鞋。无论是吃炸鸡腿，还是喝可乐，或者品麦旋风，他们都是边吃边看手机。每个人的心思都不在吃上，而是在看上。手机里好像有个大漩涡，能将所有的目光都吸纳到它那里去。你坐在窗边的位置，能看到玻璃外走过的那些女孩。当你看到一件白色纱裙飘过时，心里想的是，这种款式的裙子在连樟村从未见到。

其实你知道，天河客运站已显得非常陈旧——灰色的外墙吊挂着褐色雨痕，遮阳棚上的蓝色帆布被晒得发白，而商场里的电影院和快餐店里的炸鸡不过是城市生活的标配。但是，当你设想自己若是一个刚刚离开连樟村的年轻人——譬如邓春活的女儿，或者林金娣的外孙女——他们会不会觉得眼前的一切都充满魔力？他们会不会觉得欢唱在耳畔的音乐如此动听，晃悠在眼前的色彩如此绚丽，河流般起伏的人群如此浩荡？这就是城市。这里到处都走动着年轻人，到处都是工作机会，到处都是意外和奇遇。

然而，连樟村还是连樟村——那个位于大山深处的小村子。它是世界上最安静的地方之一。它由亲人、大山、树木、小溪、月光和蝴蝶构成。在村子里，每一个物体都深深地感激着另一个物体，因为没有任何一个物体可以单独存在。世界在彼此相连中越来越浑圆，越来越美好。

第二章

斜周村的日日夜夜

奇怪——暴雨如注！这是2019年6月12日的夜晚。真是奇怪得很——那雨从半空泼辣辣坠落，变成小箭镞，射中了广袤的田野，也射中了挤挤挨挨的屋顶，还射中了一条条蜿蜒的道路。那像黄河般的液体，肆无忌惮地倾泻而下，像根本没有闸门阻拦。雨刮器在眼前迅猛地摇摆，一会儿朝左，一会儿朝右，可前方的道路依旧朦胧难辨。暴雨让浮土化为泥浆，融为稀粥，又黏又滑地粘住车轮。坐在车里的男子名叫漆云良，是个身量适中、体型清瘦、面容秀气的中年男子。现在，他浑身发烫，双腿发麻，眼睛瞪得如铜铃，整颗心都悬在嗓子眼里。

唉！在粤北的乡村公路上深夜奔袭，在暴雨中命悬一线无处求援，在暗夜里寻不到一条顺畅的道路……这种时空感完全被打乱的生活，和他此前那朝九晚五的日子可谓大相径庭。那时，他穿着白大褂坐在办公桌前，伸手号脉的同时，认真地观察患者的脸色，再和颜悦色地询问病情。他好像电视剧男主角自带光环，总能让患者敞开心扉，吐露心声。

在这样的暴雨之夜，他因何被困？原来这一天，他到韶关市仁化县有公务。可是，等他准备返回扶溪镇时才发现，通往镇里的两条交通要道都被临时封堵。于是，他决定从白石岭绕道到镇里。偏偏，天公不作美！在离镇区还差三四公里的地方，他被迫停下了车——原来，路上有辆大货车，侧翻着横在路中。下车后，他发现那货车是甘肃牌照的。虽然货车司机并无大碍，且已报了警等待援救，但路被封住了，无法前行。他只能掉头往锦江河边246省道行驶。这时候，雨变得更加磅礴，简直像水龙头在浇灌。一路上，他忍受着剧烈的颠簸，瞪大眼睛凝视窗外，生怕有一丝闪失。在他的脑海里，突然浮现出“天苍苍，野茫茫”的诗句。他前半生所有的经验，都是用来处理疾病的，而现在，他却像个小学生，要努力解答当下的这个新问题。他祈求上苍让雨量变得小一些，让他能尽快回到镇里，走进村里的那间老屋。

然而，老天偏偏和他作对！在行驶了40分钟后，车子再次停住——此地距离镇区仅差8公里。然而，省道出现了山体滑坡——有一大堆泥土横亘在道路中间。他下车后查看了情况，打了报警电话后，眉头紧锁。现在，这里前不沾村，后不着店，而从浓墨般的天空飘荡下的雨滴，丝毫不见有停歇迹象。漆云良感觉浑身的骨架都要裂开，整个人要瘫软在椅子上。虽然他的年龄已到了知天命时，但他的头发一直乌黑发亮，总感觉身上有用不完的劲。然而这一瞬间，他有些泄气。如此颠簸和折腾，让他的胃像被一只大手抓挠，一阵阵地犯呕。他皱着眉头思忖：两次道路被断——暗黑的夜空依旧泼洒大雨——难道，这是老天故意跟他作对，要出道试题考他的耐心和毅力？而现在，天地像被按了暂停键，让所有的道路都被莫名堵死。怎么办？往前走是不可能的，可往后退到县城，万一再遇到新的滑坡怎么办？他的太阳穴一阵阵发紧，翻腾的脑浆拍击着脑壳，感觉一阵阵疼痛。最终，他决定铤而走险：“回县城！”

于是，车轮在泥泞中再次旋转起来，刺啦刺啦地溅起泥浆；于是，车内人的呼吸也再次变得急促；于是，雨刮器再次迅猛地摇摆，一会儿朝左，一会儿朝右。坚持！坚持！再坚持！漆云良暗中为自己打气，决不能松懈！决不能放弃！决不能溃散！就这样煎熬着，直至深夜 12 点半。等远处的一片灯火映入眼帘时，他紧绷的身体才软了下来：县城到了！等找到家宾馆躺在床上时，他简直像破了壳的大虾般酥软，直接瘫软成一堆肉泥。如此高强度的生死考验，他终于通过了！迷迷糊糊地闭上眼睛后，他听到有人在耳畔呼喊——“漆书记”；可另一些人又在唤他——“漆医生”。唉！是从什么时候开始，他从“漆医生”变成“漆书记”的？左思右想，他找到了那个“改变日”——2019 年 5 月 13 日。

摩托车是漆云良去村里走访的“得力助手”，有了它，方便许多。（摄影：翁永酬）

第一个粤北乡村的夜晚

那一日于别人，是极普通的一日；可对漆云良来说，却是他的“转折日”——他是在这一日来到斜周村的。那天上午，他从东莞市凤岗镇出发，驱车 4 小时赶到韶关市仁化县。在县人民政府参加的会，是他平生第一次参加的有关扶贫内容的会。在这个关于广东省扶贫政策的视频会议中，他听到了各种陌生的名词、条款、政策。他一边在笔记本上做着记录，一边像收音机转换频道般，将自己的思维从医学术语的世界里挪移开。虽然在这天之前，他是名医生，在东莞市凤岗镇社区卫生服务中心副主任的位置上供职，然而现在，他已是扶溪镇斜周村的第一书记兼扶贫队队长。

漆云良记得很清楚——他简直一辈子都不会忘记——傍晚时分，当他来到斜周村时，被眼前的景象震住了。这是一个粤北版本的世外桃源——山林夹杂着田野，屋舍伴随着橘林，袅袅的炊烟云雾般缭绕。虽然美丽和富饶总是相连在一起，然而这个小村，虽然美丽，但并不富饶。斜周村是广东省的省定贫困村。在全村 256 户的 1000 多人口中，有 41 户是贫困户，共 172 人。当漆云良穿行过小村的乡间小路时，内心坚定起来——从这一日起，自己的生命便与这片土地紧密相连了。

事实上，像漆云良这样，从不同的工作岗位奔赴贫困村的人，并不是少数。自 2016 年以来，东莞市便承担起韶关和揭阳两市的扶贫任务。这两个城市内共有 13 个县（市、区）的 323 个相对贫困村需要帮扶。在这些村里，共有 15929 户相对贫困户，51840 名相对贫困人口。为此，东莞市安排了 32 个镇街、31 个市直单位、9 个市属企业承担对口帮扶任务。到 2019 年，东莞市累计落实扶贫资金 18.49 亿元。在这 3 年里，东莞市分两批共派出 780 多名扶贫干部参与两市的脱贫攻坚任务；同时，自 2016 年以来，东莞市按照国家东西部扶贫协作工作的安排，对口帮扶云南省昭通市的 6 个贫困县（区）。到 2019 年，东莞市已累计向昭通市投入财政援助资金 11.38 亿元，带动贫困人口 191223 人次，帮扶协作项目受惠覆盖人口超过 80 万人。经过 3 年多的努力，昭通市剩余贫困人口由 2015 年末的 111 万余人，下降至 2019 年末的 18 万人左右，贫困发生率由 21.5% 下降至 4% 左右；昭通市 6 个国家级贫困县（区）中有 5 个已实现脱贫摘帽。

在离开东莞前，漆云良曾做了大量的案头工作。通过查阅书籍，他了解到仁化县的历史相当不平凡——该县位于粤地北部，是广东、湖南和江西三省的交会处。早在公元前 207 年，南越王赵佗便在这里筑城，筑城处至今仍称为“城口”。斜周村是仁化县扶溪镇的一个普通村落，面积只有 28.8 平方公里，林地面积约有 2.7 万亩，其中生态公益林面积 1 万多亩，耕地面积 3000 亩。

这个村庄具有典型的粤北乡村的特色——小村四周环绕着森林，气候温暖而潮湿，雨水异常丰沛，生态环境保护得非常好。村里那条彩虹般蜿蜒而过的小河，有个很好听的名字：锦江。在小村内，分布着 4 座小型水电站和几处天然温泉。小村尚处于纯天然状态——无论是在山上或田地，江边或滩头，人们随时都能看到形态各异的飞禽和走兽。村民们掰着指头数着：白鹇、麻鹇、野鸡、猫头鹰、金环蛇、眼镜蛇、银环蛇、竹叶青、野猪、黄猄……它们的身影，都时常出没在村里。小村下辖 8 个自然村——西坑、黄石坑、小枧坑、船头、大印头、瑶前、上湾、黄溪水——号称“三坑二头瑶水湾”。

这一夜，漆云良趁着暮色走进村委，推开那间拥挤而简陋的旧屋。他先是打开简易床铺好被褥，又将 30 多本医学书籍摆放好，准备安眠。虽然才是初夏，可岭南乡村的天气早已暑热熏蕴。这间小屋里，不仅潮气冲天，而且蚊子众多，总在头顶发出“嗡嗡嗡”的轰炸声。辗转反侧，他虽然困乏至极，但怎么都睡不着，只见迷离的月光从窗格子里照进来，在地上形成了朦胧的各种图案。他努力地安慰自己——从过去那安逸的环境里跳脱出来，到一个全然陌生的地方重新开始生活，最初的不适是难免的，但只要调整好心理状态和生活习惯，一样可以适应。

突然，一阵山风将窗棂拍打得呼哧呼哧响，又听得婉转的鸟叫和响亮的犬吠从更远处传来。索性，他从床上坐起，趿上鞋走到门外去。夜幕下的小村朦朦胧胧，只有远处农家的窗子里透出如豆的灯光。他嗅到了一股浓烈的土腥味——那是混合着泥土、植物和雨水的味道，那是他从小就很熟悉，但早已忘记的味道。现在，他好像是一个少年，站在故乡的小村里，满脑子都是奇思妙想。是的。

从今日之后，这个村庄的梦将和他的梦紧密相连。返回屋内，他打开灯，在笔记本里写下这样一句话：“人生一念，今日开启。”

在离开东莞前，漆云良已做好村里条件差的准备，然而第二天一早，他所目睹的现实，还是令他有些瞠目——整个村委只有一个水龙头，装在厕所里，供煮饭、烧开水、洗澡和冲厕之用。看着发黑的水质，他皱起了眉头。作为职业医生，他即刻便意识到，长期饮用这样的水对身体是有害的。由此，他也意识到，在他即将要展开的工作中，“健康”一词将占有重要位置。其实，漆云良一点也不惧怕乡村生活。因为他从小生活的那个地方——湖南邵阳新宁县白马田乡义兴桥村 6 组漆家庄——便是个靠近桂林的丘陵小村。漆家庄内有 50 多户人家，260 多口人。从小村到县城有 40 公里，坐车需要一个多小时。时光迢迢，难以追捕。漆云良想起自己的学生时代——他曾是义兴桥小学的小学生，白马田中学及新宁三中的中学生。1989 年，他考上广州中医学院中医系，成为漆家庄的第一位大学生。

想起自己的父亲，漆云良便想起了一个词——“艰辛一世”。父亲是长子，家中有 7 兄妹。父亲 22 岁时，祖母去世；之后不到两年，祖父双目失明。父亲不仅要带着祖父到处寄人篱下，四处寻医问药，还要担负起照料弟妹们的重担。父亲成了家里的主心骨，扛起了各种大小事务，终于将弟妹们全都抚养成人。父亲极为公道正派，且胆量过人，口才出众。他是那种勤劳、善良且善解人意的人，虽然只读过高小，但很早就被选入大队、公社工作。他曾教过书，修过铁路，在食品站工作过，后来又当了30多年的支部书记，是连续三届的县人大代表，在村里享有极高的威望。

在漆云良赴广州读书之际，父亲宴请了亲朋好友。亲戚们虽然经济都很拮据，但拿出大小不一的红包，鼓励漆云良能早日成才，成为国家的栋梁。临行时，父亲抓着他的手说："儿子，学医就是要救人，要积德，希望你好好学习，回来给乡亲们看病。"拜别父亲后，这个怀揣梦想的年轻人来到广州的三元里，与中医相遇后，便一头扎进阴阳五行、脏腑经络的世界中。虽然他整日与医书草药在一起，但从不觉得乏味与苦涩。5年倏忽而过。当他毕业时，放弃了珠海某医院的工作机会，毅然回到新宁县中医院，成为第一个分配到这里的医学本科生。

"回来给乡亲们看病"是父亲对他的嘱托，然而在基层医院里，学中医的他总感觉放不开手脚。1999年年初，当他接到湘雅医院的进修通知书时，激动地落下了泪。在那段刻苦求学的日子里，他不仅获得了多位老师的认可，弥补了现代医学知识的不足，还能娴熟处理消化内科、心血管内科、新生儿科的常见病和多发病。于是，他晋升为西医内科主治医师，而"多西少中"的方法则成为他的主要医疗手段。

2000年8月，他调到东莞市凤岗人民医院。东莞是改革开放的前沿城市，大量的工厂吸引来大批的外来人口，故而这里的流动人口多，病人也多，工作量非常大，医院发展非常迅猛。漆云良在东莞如蛟龙入海，感觉真正做到了学以致用。到了 2007 年时，他已完成广东医学院中西医结合临床专业研究生进修课程，获得了硕士结业证书。之后，他主持完成东莞市科技局科研立项三项、广东省中医药局科研立项一项，在国内杂志上发表论文 10 余篇。2008 年 8 月，当他晋升为中西医结合专业副主任医师后，主动请缨，希望到社区卫生服务中心工作。10 年过去后，他又主动请缨，希望到粤北山区去扶贫。在获得了妻儿的理解后，他毅然踏上了行程。

从东莞出发到仁化县，再到扶溪镇的斜周村，他已深深体会到一种“无计划”的生活——显然，基层干部的日常与医生的日常大相径庭——医院就像军队，有严格的时间限制和区域划分，每个人都清楚自己的位置和职责；而乡村工作，不仅要处理常规事务，还要有机敏的应变能力，要根据不同时期的重点随时调整工作重心。在度过了那个混沌之夜后，他于凌晨 5 点醒来。既然已经脱离了原有的生活状态，那么，就要赶快建立起新的习惯。晨读和晨跑是不可或缺的——这是他多年养成的习惯——晨读可增强心智，晨跑可增强体质。在村里跑步，感觉完全不同——乡村的晨光异常柔和，漫天云霞像一条条橙红浅粉的带子，空气清新得像被过滤了一千遍——在奔跑时，他感觉身体格外轻盈，像有一双大手在托举着他。

他今天要干的第一件事，不是开会，不是学文件，而是练习骑摩托车！虽然他是开着自己的汽车来到小村的，但村子四周群山环绕，要想到各个自然村去，只能骑摩托车穿过那些乡村小路。最初，他学得颤颤巍巍，但练习了几次后，他便掌握了规律，变得有模有样起来。等到老队长蔡广京来找他时，他已像个熟练的骑手。之后，两个人骑在摩托车上，驶向贫困户家中。原本，这个草绿色的小村到处都静悄悄的，只有偶尔的几声鸟鸣犬吠。突然间，“突突”的摩托车声传来，由远及近，且越来越响亮。这个身处 21 世纪之初的小村，看起来如诞生时那样依然故我，然而，它在未来将会明白，随着那“突突”声到来的，远不止一个新人。新响动便意味着新变化，新变化便意味着新生活。

很多时日后，当漆云良回忆起那一天的遭遇时，都感觉很难用合适的词汇来表述。他是职业医生，见过了太多的苦难，具有更强的忍耐力，然而那一天，当他目睹到那些深陷贫困深井的人们时，还是感觉喉头哽咽，鼻头发酸。原本，关于贫困村和贫困人口，都是一些纸上的数字，出现在电视新闻里；而现在，当他的身影进入那一间间小屋，与一个又一个的人劈面相逢时，一下子，他像推开了玻璃门，进入一个格外真实而具体的世界。在这个王国里，所有的疼痛都被放大镜放大，所有的苦难都以双倍呈现，所有的挣扎都显得尤为激烈而艰涩。他是渐渐才明白的——贫困对人类所造成的伤害，他是从这一户户人家的具体遭遇中获悉的。在此之前，“贫困”只是一个名词；在此之后，“贫困”是那一个个具体的人名。

初次见到“驼子”时，漆云良的下巴都要惊掉了——他可真黑！那黑就涂在脸上、脖颈上、手背上、脚踝上。那黑是一团一团的，看起来很柔软，却又显得很寒冷。整个人都沉浸在暗黑之中，像是一个琥珀。再细细一瞧，唉，那头发因多日没洗而粘连成片！那冲天的大鼻孔里正呼哧呼哧喘着粗气！那眼珠像是给强光晃过，瞳孔还没有调整到位置！村里人早已忘记他叫“刘健业”，而习惯性地喊他为“驼子”。在见“驼子”之前，漆云良已在心里提前预演过一番，然而，他还是被这个人的黑吓了一跳。这个已 66 岁的男人，整个脊背完全拱了起来，后背像是背了个倒扣的大铁锅。他只有 1.4 米左右，套着件宽大而皱巴的夹克衫，脚上的黄胶鞋因沾满泥点而泛白，透着股难掩的萧索味。“驼子”很爱笑，一笑就咧开大嘴，露出门牙脱落后形成的黑洞。“驼子”又聋又哑，属于完全丧失劳动能力的五保户。他一直单身，每月有 1000 多元的补助，虽然日常生活没啥问题，但一个人的日子却显得恓惶而孤单。

一进聂球生家的门，漆云良便掏出听诊器和血压计，主动为老聂的老母亲号脉和测量血压。男主人是个身量高大的男人，理着板寸，有着一张很富态的圆脸，大腿和胳膊都显得粗壮有力，还挺着个小肚腩。他母亲已 80 岁高龄，不仅患有高血压，还有糖尿病等多种疑难杂症。漆云良叮嘱老聂要多注意老太太身体的变化，如果有什么不好的症状出现，就及时给他打电话。做儿子的，边听边点头，一个劲地说着“嗯嗯”。老聂的身子骨看起来很是强壮，可他家为何成为贫困户？原来，除了老母亲是个病秧子，他的孩子们都处于求学阶段，那一年好几万元的学杂费，就像是一把耙子，一下子便将这个家的家底给搂空了。老聂不是好吃懒做之辈，一年到头都在橘园里苦扒苦挣，可橘园的收入不单靠农人的辛苦，还得看老天爷的脸色。任何一场干旱或者暴雨，都能将那些可以变成钱的橘子打得稀巴烂，让农人白白辛苦一场。

到了刘培宗的家，漆云良整个人愣住了——这间老屋像个黑黢黢的洞穴，不仅阴暗、潮湿，而且墙基不稳，显得摇摇欲坠。原来，这间屋子已成“钉子户”——作为全村唯一的一间没有被改造的危房，它的模样格外扎眼。男主人刘培宗身量适中，体型健壮，理着个小平头，一张圆脸显得很慈祥；妻子的身材较为苗条，虽然皮肤苍黄，但五官很是清秀，脸上浮着局促而羞涩的笑容。两个人都习惯性地打着赤脚，趿着拖鞋。他家有 5 口人，母亲高龄且多病，两个女儿均在求学——大女儿在广州培正学院人力资源管理专业读本科，小女儿在仁化县中学读高二。虽然有 800 多棵柑橘树作家里的收入来源，但和老母亲的医药费及女儿的学费相比，还是入不敷出。挣的钱抵不上要花的，所以日子便过得紧巴巴的。当漆云良询问他家新房的修建进度时，他即刻绽开了笑容。原来，新房已于这年 5 月开始动工，预计年底便可竣工。“好啊好啊！如果完成验收，马上就能获得国家的 4 万元补助啊！”刘培宗自知旧房拖了全村人的后腿，即刻点头又点头。

聂池生的家是一座新房，屋里的墙壁刷得雪白，摆着红木沙发和原木色饭桌，显得格外簇新。男主人有些微胖，看着既和善又精明，是这家人的主心骨。他打开饭桌上的那个塑料罐，将黄澄澄的液体倒入塑料杯中——原来，那是老聂自己酿的蜂蜜！漆云良看到蜂蜜在阳光下显得晶莹剔透，像融化了的黄金，再啜饮一口后，感觉滋味极馥郁甜美。老聂有这样的手艺，何以成为贫困户？原来，他家有 6 口人——老聂夫妇俩，儿子聂玖文和儿媳刘秀清，读小学的孙女聂红苹和上幼儿园的孙子聂红芸。老聂家的主要收入靠种植贡柑和养殖蜜蜂，但农业收入受天气等外界影响较大，故而，他家的收入并不稳定；再加上家里无一人在外打工，这家人的日子也紧巴巴的，不那么舒坦。

之后，漆云良骑在摩托车上，又继续寻访了不少贫困户。奔波一整天，回到村委的住处时，天色已变得浓黑起来。他随便地扒拉了两口饭后，便打开笔记本，写下这一天的行程。初夏的夜空显得宁静而高远，山风裹挟着清凉穿堂而过。漆云良的身体虽然非常疲惫，但精神相当活跃。他在这一天的经历，纠正了他以往的认知。不，贫困户的贫困并非天生造成的，而是各种原因的叠加使然。要将身处贫困陷阱里的人拉出来，便要找绳子，找梯子，找架子。只要给他们一点机会，便会激发出他们的潜能。

通过几天连续寻访，漆云良逐渐地厘清了思路。事实上，这个小村就是一个微缩的小社会，每一块地都有独属于它的历史，就像每一幢房、每一个人那样。在这样一个村子里，贫困户的位置就像护城河，始终处于最外围，始终是矮人一头，始终被疏离所包裹。漆云良意识到，若想把每一户的情况都摸清、摸透，单靠口头询问是不够的，还得有详细记录。于是，他像人类学家设计田野调查表那样，设计了一张专门针对贫困户的入户调查表，其内容涉及健康状况、外出务工、家庭收入、政策满意程度等。当他带着表格走访村民时，还同时带着血压计和听诊器。他深深懂得，“家家有本难念的经”。要知道，让贫困户把自己当成朋友，倾吐家里的秘密，并非一件容易的事。因为贫穷的人自尊心更强，有着更坚固的防御机制，他们会以某种友好的方式拒绝别人对他家的窥视。然而，如果来做调查的书记同时是医生，可以给家人做免费体检，那情形便会大不相同。

此后的一周时间里，他不仅跑遍了 8 个自然村落，深入每一户人家，还获得了很多意外的收获。“粤北的农民其实非常能干！”这是他发自肺腑的结论。他始终记得自己是一个乡村少年，能上大学当医生都离不开土地的供养，而现在，当他深入乡村内部，倾听每一位农人的心声时，他感觉自己慢慢了解了他们的难处，懂得了他们需要怎样的帮助。他的工作思路是循序渐进的——要以产业帮扶为主，先解决最紧迫的收入问题；再以健康帮扶为辅，防止贫困户返贫；同时，还要进行心灵帮扶，让大家有信心、有决心摘掉“穷帽子”，最终迈上良性循环的步调。

事实上，到 2019 年年底，漆云良已从新闻里了解到这些信息：东莞市为帮扶韶关和揭阳两市的 323 个贫困村，共引进农业龙头企业 141 个，建立合作社 271 个，培育农业特色产业 490 个，还打造出冬瓜村、百香果村、芒果村等一大批特色产业村，组织贫困劳动力转移就业 1 万多人，使两市有劳动力贫困户的年人均可支配收入达 15670.44 元，年均增长 22%；同时，东莞市还安排了 6 个牵头镇街、16 个协助镇街与昭通市 6 个贫困县（区）开展“携手奔小康”行动，累计投入财政资金 3843 万元，结对帮扶贫困乡镇 51 个。他所在的斜周村，是那 323 个村庄中的一个。

和其他村庄相比，斜周村的各项条件都实属一般。村里那号称“三坑二头瑶水湾”的 8 个自然村，所处的位置都非常分散，且村里的农村集体经济薄弱，村容村貌也亟待治理。对全村村民而言，最重要的收入来自外出打工，其次才是农业种植。虽然村民们也种水稻，也卖毛竹，但几乎每一家都更仰仗贡柑和砂糖橘的收入。然而，这种经济模式十分单一，且没有形成一定规模，更谈不上品牌效应——一旦老天不给面子，这一年的收成便会大打折扣，继而严重影响正常生活。他皱着眉头思忖——产业扶贫是重中之重。在他看来，若贫困户家里有富余劳动力，便一定要鼓励这些人外出打工，这样既可保持一个固定的收入来源，又可减少对农业收入的依赖；另外，要努力提高农产品的收入，以确保增产也增收。小村地处偏远，信息闭塞，所以农产品的价格不高，销量也不大，很难形成规模产业。如此，村里是否可搭建起一个更好的销售平台？是否能种植些经济效益更高的作物？如果家里人手少，无法外出打工，可否在农闲时就近打零工以补贴家用？

针对健康扶贫，他要做的是长远打算。村里的人看起来都有些老相，且病人的人数也相当多，这和村民长期从事体力劳动有关，还和抽烟、饮酒、打牌等不良的生活习惯有关，也和多油重盐的饮食习惯有关；再加上水质差，没有锻炼意识，故而在村里现有的贫困户中，有 40% 是因病、残、智、伤等造成长期缺乏劳动力，最终形成贫困的恶果。全村有高血压患者 45 人，糖尿病患者 15 人，长期卧床及行动不便者 8 人。在 41 户贫困户中，有 41 位残疾人员。作为职业医生，他敏感地意识到——若疾病问题不解决，很多贫困户都会面临返贫的风险。他想制订一些健康家庭计划、慢性病康复计划等，可防止贫困户家庭因病返贫。

在村里走访的这些天，漆云良还发现，比物质贫穷更为可怕的，是心灵的贫瘠与麻木。在他看来，如果灵魂溃散了，再丰富的物质和再强壮的身体，都不会感受到幸福。现在，村里有个别人整日里“等、靠、要”，用懒惰和怨憎建起一座隐形的城堡，任谁都走不进去。要怎么才能攻克那道高墙，让阳光照耀进去？还有一些人，因长期处于贫困状态而深感自卑，总是唯唯诺诺，缺乏创新精神。要怎样才能让那些总是低头闪躲的人，不再像扛负着无法被原宥的罪过般，抬头挺胸地走路呢？

从 2019 年 11 月起，漆云良每周三上午在镇卫生院坐诊，
并以师带徒形式带教当地两名年轻中医师。

柑橘、蜂蜜和葡萄柚

即便农业收入极不稳定，受制天气及市场等各种因素，然而贡柑、砂糖橘及各类蔬菜，依旧是斜周村人除外出务工外的主要收入。漆云良思忖，虽然村里通过扶贫资金，已投资光伏、中金岭南、猕猴桃、黑山羊等产业项目，让贫困户每年有1000多元的分红，但还需通过各种方式，努力拓宽农产品的销售渠道，提高农产品的价格，以增加贫困户的收入。在挨家挨户的走访中，他听到不少贫困户提出这样的疑问——“为啥我家的橘子挂果没有别人家多？”其实，这个问题反映了贫困户在劳作中，缺乏农业科技指导的问题。于是，他通过县扶贫办的牵线搭桥，专门请有经验的农业专家来到村里讲课，专门解决村民遇到的施肥、挂果等实际问题。

销售则是难中之难——因位于大山深处，山路弯弯造成交通不便，信息匮乏，故而村民们虽然辛苦一年，但往往因为销售不畅，而出现增产不增收的局面。和普通农户相比，贫困户的家底薄、困难多，故而抵御风险的能力便更差。这些人家总像被一种无形的压力所逼迫，总处于束手束脚状态，将日子过得节俭而局促。针对这种情况，漆云良组织扶贫干部们讨论、商量对策。最终，他们决定先免费为贫困户发放种植苗、养植苗和化肥等物资，让他们有个良好的起步；而在农业种植期间，请专家来解决实际问题，进行专门的柑橘种植技术培训、电商销售培训，都是为了让农户能提高收入。

在漆云良绞尽脑汁为斜周村出谋划策时，他所倚靠的并非只是他个人的能量，还有整个东莞市的支持。为做好产业合作，推动招商引资和消费扶贫，东莞市做了很多有益探索。譬如，市里结合云南昭通市的现有资源，先后组织了 30 多批 137 家企业赴昭通考察，累计引导企业赴昭通开展产业项目 127 个，累计实际投资 16.16 亿元。这些举措立竿见影，带动了 9781 名贫困人口就业脱贫。东莞市还着力扩大消费扶贫规模——累计实际采购金额 3.4 亿元，带动贫困人口 4.6 万余人增收。漆云良在韶关市扶溪镇斜周村所做的努力，只是这个大背景中最具体、最细微的那点努力。然而，正是由于像他这样的扶贫干部，以自身努力挖掘出涓涓细流，最终，才汇聚成一个如入海口般波澜壮阔的画面。

漆云良（右二）在果园里和村民们亲切交谈，了解春耕备种情况。

这一天，漆云良带着 20 只鸡和 20 只鹅，来到西坑村的刘文彬家。30 岁出头的刘文彬个子挺高，体型偏瘦，皮肤偏白，眉眼秀气，嘴角总是挂着温和的笑容。他在短袖 T 恤外又套了件夹克衫，牛仔裤下是双黄胶鞋；他的妻子张招桂是个体型偏瘦的女子，瓜子脸上有一双大眼睛。她上身穿着件白色黑条纹连帽衫，下身是黑裤子配黄胶鞋。在他家的院子里，摆放着三轮车和摩托车；在屋外的铁丝上，吊挂着孩子们的小衣衫。这对勤快的年轻人，已是两个小孩的父母，却让日子陷入捉襟见肘的状态。原来，男主人自幼丧失父母，由叔叔抚养长大。现在，56 岁的叔叔和他们一起生活。对这对年轻夫妻来说，贫穷就像是一块暗伤，是不能随便揭开来看的，因为那行为会让自己感觉疼痛，也会让别人感觉尴尬。然而，面对漆书记，他们却敞开了心扉。两个人一年到头在柑橘园忙碌，然而柑橘的收入不稳定，有的年份好，有的年份差。两个孩子尚且年幼，而叔叔还需要供养，家里又没有外出打工者，故而这个家便一直在贫困中挣扎。

漆云良边听边点头——显然，他们绝不是因为好吃懒做而贫穷的；显然，他们一直在努力寻找脱贫的方式、方法。现在，他帮这户人家设计方案——丈夫主要干橘园里的重体力活，在山水间用心经营果园和鱼塘；妻子在家搞网上经营，通过建立微信群、朋友圈、现场直播自家特色农产品等方式，形成一个固定的客户群。谈完了纸上的计划，漆云良并没有离开，反而戴上了白手套，和夫妻俩一起到橘园里去劳动。在这片貌似普通的园子里，栽种着 1100 棵贡柑树和砂糖橘树。这些树木显得郁郁葱葱，长势良好。

站在柑橘树下，刘文彬说着自己的畅想——到 2020 年时，再种上 800 棵柑橘树，再挖上 3 口鱼塘！

唉，2019 年注定是不平凡的一年——上半年村里遭遇洪涝，下半年又遭遇干旱。望着那些个小、皮厚的柑橘，贫困户们变得忧心忡忡；每一年，单是这些人家的柑橘就能产 30 万斤，而这也是除务工外最重要的收入来源。可今年的柑橘长成这模样，该咋办？这些外形差的柑橘，卖出的价格偏低。2020 年春节，又突遇新型冠状病毒肺炎的蔓延，致使柑橘大量滞销，让刘文彬家的损失也不小。为此，漆云良再次登门造访。他动员男主人先外出务工，让家里能保持一份稳定收入；另外，让妻子将孩子们妥善安置后，将主要精力用来侍弄果园，再利用闲暇时间搞网上销售。等销路稳定后，再让丈夫回家来扩大生产也不迟。刘文彬和妻子听了后，心悦诚服地点着头。

2020 年元旦前后的两三个月，是斜周村最繁忙的季节——柑橘熟了！为帮助贫困户，连镇委书记都来到村里，亲自上阵搞销售。镇里发动有关单位的工会，按不低于市场的价格收购贫困户的滞销贡柑——500 多箱贡柑，总价值接近 7000 元！为了销售，漆云良可谓绞尽脑汁。他不仅代表村里的贫困户，与仁化县乐村淘电子商务有限公司签订了农产品购销协议，还利用假期，发动东莞市樟木头社区卫生服务中心、东莞市凤岗镇卫生健康局、东莞市凤岗镇社区卫生服务中心、东莞市凤岗镇黄洞玉泉工业区的十余家企业购买贡柑、砂糖橘、大米、蜂蜜等农产品。

聂池生虽然已 60 多岁，但还是这个家里绝对的精神领袖。虽然他家已完成危房改造，获得了国家的 4 万元补助，但他家的问题还是不少。他家的主要收入靠贡柑和蜂蜜——虽然全家人吃苦熬夜且风吹雨淋，但最后，还是会因为销路不畅而不增收。为帮扶老聂，漆云良把自己变成义务推销员，到处联系原单位的同事、自己的各路朋友，还有亲戚们，向他们推销"货真价实的好东西"——蜂蜜。最终，老聂家的蜂蜜销售了 13000 元，贡柑销售了将近 4 万元，再加上村里分红的那 1000 多元，经济收入已达脱贫标准。

然而这样还不行！漆云良担心的是，老聂家存在着返贫的可能。若想彻底摆脱贫困，这个家必须有个人在外务工才行。老聂的儿子聂玖文虽然干农活是一把好手，还会开拖拉机，但在一次事故中脖颈受伤，导致表达能力受损；儿媳刘秀清是个性格内向、沉默寡言的女子，她满嘴的话好像都搁置在了舌尖上。漆云良多次鼓励刘秀清出门打工，但她总是以照料孩子为由，摇头再摇头。后来，漆云良联系到了一家胶合板厂，专门带着她去工厂见工。刘秀清在看了厂子和了解了待遇后，点头同意当工人。可是，在工厂做了三天半，她便回家了。"一个月能挣推销 4500 元，旱涝保收，可为啥就不做了呢？"漆云良再次找刘秀清谈心，"是觉得环境不好？还是觉得活儿太累？"然而，那儿媳妇除了低头不说话外，愣是不吭声。漆云良着急了，连忙去找老聂询问。搜肠刮肚地问了半天，老聂只是乜斜着他，说出来的话也云山雾罩，不明就里。漆云良陡然明白，刘秀清不适应工厂生活是一个原因，另一个原因恐怕是家里人不放心。

漆云良（左一）给聂玖文发放柑橘化肥，柑橘是聂玖文家重要的收入来源。

现在，这个家里有 4 个大人，可全都守着橘园和蜂蜜，虽然能解决一时的生活困难，可很难做到彻底脱贫。但他也理解老聂的担忧：别人家外出打工的，多是青壮年男子，可他家儿子语言交流有困难，便很难找到工作，即便找到了，能干多久还是个问题；可若让儿媳去外地打工，老聂既害怕村里人嚼舌根，说让女人出门打工，又害怕儿媳妇在外面有了见识，会嫌弃自己的丈夫。怎么才能解开这个死结？总不能一直这样僵下去？漆云良虽然皱起了眉头，但他并不泄气。他想，办法总是会有的，但需要耐心等待，多方寻找。经过打听，他获悉刘秀清的姐姐在东莞市的桥头镇工作，而且干得相当不错，便和这位姐姐加了微信。当他提出让姐姐劝说妹妹出门打工时，姐姐爽快地答应了。他兴奋地再次来到老聂家："你看，有姐姐做监护人，你们还怕什么！要不，让儿子也一起出门，这样就更放心啦！"老聂听了这个建议后，脸上浮起了温和的笑容。

在漆云良的笔记本上，出现频率最高的一行字便是——"真脱贫，脱真贫，不返贫"。他知道，这句话说起来容易做起来难。在斜周村住的时间越久，他便越了解村里人的所思所想。他发现，有时候，让人们困囿在贫穷陷阱里的，不仅是因为物质基础太差，还有多年养成的保守思维。村里人大多知根知底，相互之间非常熟络，这既让乡村能保持一种良好的互助关系，但同时，也会形成一种特别在意别人看法的习惯。大家做事情，都喜欢左瞧瞧、右看看，不愿太冒尖，也不愿有创新。若想破除旧习，迈出变革的第一步，就像火车要开始"咣当咣当"朝前走时，车轮要奋力地向前一滚。那一滚，得格外地使点力气才行。在漆云良看来，要想真正地了解贫困户，便要对人性的全面性有所理解。有时候，有些人的决定没有特别的对与错，他们只是在和环境的交锋中保持一种平衡。当外部条件发生改变时，他们也会适时地调整自己。

那一天，当漆云良来到刘贵棠家时，简直不敢相信自己的眼睛——和他到刘培宗家时看到那间黑黢黢如洞穴的老屋相反，眼前的这栋房子着实漂亮！两层半的红砖房有模有样地挺立着，整个外墙全部都贴了瓷砖，在阳光下熠熠闪光。漆云良左看右看，欢喜得合不拢嘴。进到屋内，他便对男主人说："你现在啊，简直算得上贫困户里的地主！"刘贵棠是西坑村小组的组长，是 1969 年生人，身量适中，体型偏瘦，双眼里闪着精明的亮光。即便他是组长，即便含辛茹苦地经营，但他的日子没有彻底离开那个"穷"字。原来，这个家是被两个孩子的学费拖垮的——女儿在读大学，儿子在读技校——每年 5 万元的学费加生活费，就像是一把大铁铲，左铲铲、右铲铲，愣是把整个家都快铲平了。因为没有余钱，他家此前一直住在破旧不堪的老房子里，又黑又潮。那时，漆云良总是苦口婆心地劝他："你是组长，要比别的贫困户更往前走一点儿啊！"后来，刘贵棠咬牙盖起了这栋房子，令乡亲们大吃一惊。

为了帮助刘贵棠尽快脱贫，漆云良也是绞尽脑汁地想办法。当他代表刘贵棠与仁化县乐村淘电子商务有限公司签订销售协议时，刘贵棠的心里还七上八下的——让公司来销售，行吗？然而，等公司将他的 2 万余斤葡萄柚全部销售出去，让他有了近 5 万元的收益时，他才觉得"漆书记干得真不错"！那电子商务公司很会做营销——别处的葡萄柚只能卖到 1.2 元一斤，可刘贵棠家的卖到了 2 元，最高时还到 2.5 元。等全部葡萄柚都销售一空后，公司销售员还打来电话："还有没有货？最好能再发几千箱过来啊！"村里要拍个宣传农产品的小视频，漆云良便选了刘贵棠做代表。面对镜头，这个往日颇显自卑的男人，如今绽放出灿烂的笑容，一双眼睛像通了电般放射出异样光彩。他说他家现有 600 棵葡萄柚树、100

棵砂糖橘树和 50 棵茶子柑树，“明年，我还要扩大葡萄柚的种植面积！”现在，在建起新房后，他家已获得国家的 4 万元补助。他的女儿大学毕业后在深圳工作，每月有 5000 元收入；儿子即将大专毕业，很快便会有收入。这家人的日子已度过了最难的阶段，像火车驶出了第一米，之后，“哐当哐当”努力向前便可。

漆云良（左一）与刘贵棠在葡萄柚园交谈，了解果园生长情况。

漆云良给聂球生（穿红衣服）、刘文彬发放柑橘化肥，
两人开心地用拖拉机将化肥运回家。

听诊器、太极拳和戴口罩

2019 年 11 月 6 日是星期三。这天上午，漆云良出现在扶溪镇卫生院，开始坐诊看病——咦，“漆书记”是怎么变成“漆医生”的？原来，当漆云良了解到镇卫生院不仅缺少医务人员，而且中医馆业务处于停滞状态，便想到在这里坐诊。在县卫生健康局的支持下，他办理了医师多地点执业注册手续。在坐诊期间，他还收了卫生院 20 岁的李海龙和 26 岁的刘艳芬做学生。他知道自己在这里工作的时间是有期限的，所以，“授人以鱼，不如授人以渔”。他想通过“传帮带”的方式，把自己的医术留在这里。两个学生跟着他，一边学习医学解剖、病理、药理等知识，一边提升临床诊疗能力，掌握了灸针、火罐、艾灸、放血等技术。

漆云良坐诊的消息一经传开，镇里的患者便慕名而来。有一天，斜周村的贫困户蔡新华带着妻子挂了漆云良的号，想请他为受癫痫折磨的妻子看一看。在经过几个疗程的治疗后，妻子有了明显的好转。他感动地说：“在家门口就能让名医来看病，真好！”漆云良的名气就这样口口相传了出去，以至每到周三，等在医院里的患者就会排起长队。他从村里出发时是早晨 7 点半，而从 8 点半开始接诊，他便没有松懈的时候。一个上午，他能治疗 20 多个病人。

中医看病比较麻烦，望、闻、问、切的时间比较长；再加上漆云良是那种绝对认真、绝对负责的性格，故而过了 12 点半还没结束，常常错过了饭点。他对学生们语重心长地说道："老百姓信任我，我就要对得起他们啊！"截至 2020 年 4 月，漆云良已为包括贫困户在内的 200 多名患者诊治，深受大家的好评。

人们纷纷到镇卫生院找漆云良看病，和村里卫生站条件差有关。就拿斜周村卫生站来说，站里只有一位乡村医生，名叫刘娟红。平日里，她是一边干农活一边行医。村民若有头疼脑热找到卫生站时，大门多数是紧闭的。他们会等到休息时间，去刘娟红的家里看病拿药。卫生站的收入非常有限，靠着省财政每年补助的 2 万元，才勉强维持下来。乡村医生的收入也非常有限，所以还要靠种地来维持生计。了解到这个情况后，漆云良觉得苛责乡村医生是不切实际的，但他会时常找刘娟红谈心，鼓励她："如果以前，行医和务农的比例是四六开，现在要争取是六四开啊！要保证小病和高血压、糖尿病这类慢性病在村里就能医治啊！"

漆云良到镇卫生院坐诊的消息一经传开，镇里的患者慕名而来。

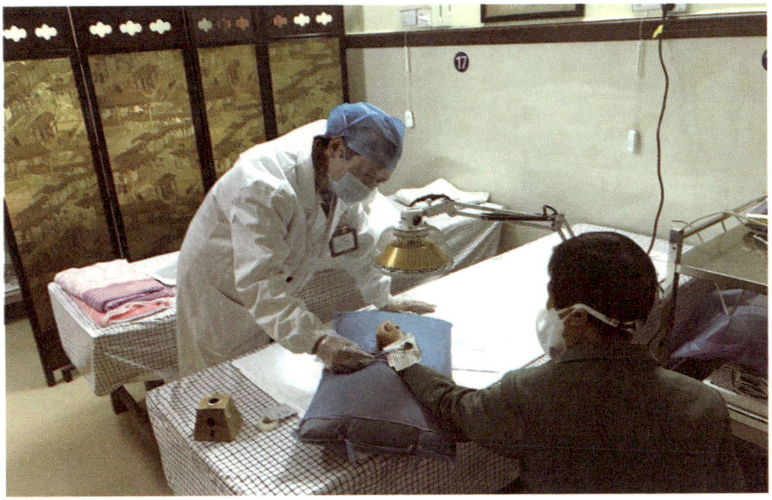

一个上午，漆云良能诊治 20 多个病人，常常错过饭点。

在精准扶贫这项大工程中，干部们慢慢摸索出了门道——产业扶贫是重中之重，急中之急，要首先抓好、抓实；然而，要想让贫困户不返贫、真脱贫，还要将卫生和教育两大重点抓起来。卫生直接指涉村民的健康——只有身体保持健康，才能有在田里劳动和出门打工的资本，才不致被大病拖垮；而教育会让一个家有后续力量，不让贫困代代相传，让这个家真正实现"鲤鱼跃龙门"的嬗变。在2020年年初，当漆云良了解到整个东莞市2019年在卫生和教育上的扶贫举措时，越发增添了自信："我的做法没有错！"

原来，东莞市在对韶关和揭阳两市的扶贫中，投入了大量的资金和人才，已取得显著效果；同时，东莞市对云南昭通市的扶贫，也令人瞩目。从2016年到2019年，东莞市累计使用财政援助资金在昭通市开展安居房、教育、卫生等项目679个——建成281个卫生室，新建2所小学，完成1496户房屋建设和配套设施建设，援建贫困村内道路89.9公里，为15426户贫困户实施了饮水安全改善工程；除资金帮扶外，东莞市还派驻了专业人才进行帮扶——累计派出挂职干部26人次，专业人才244人次（其中老师83人次、医生121人次）；发动东莞43所学校、24家医院参与结对帮扶昭通38所学校、20家医院；除完成了常规动作的帮扶外，东莞市还创新地开展职业教育帮扶，有效扩大劳务输出规模——招收3批次昭通籍学生共4161人在东莞市职业学校免费就读，毕业后推荐就业，真正做到隔断代际贫困；帮助昭通贫困劳动力转移就业9.48万人，其中转移到广东省2.84万人，就近就业4.9万人。

那个时候——当他下乡的第一天——他随身携带着听诊器和血压计是一种医生的习惯，可在村里住得越久，他越发感觉卫生和教育的重要性，一点不亚于产业。若产业扶贫是救助一个人的头部，那针对卫生和教育的扶贫，便是救助一个人的两臂。返回凤岗后，当漆云良和自己曾经的同事聊天时说起“经常在田间地头就开起了药方”时，对方张大了嘴巴；当他说自己已经学会采撷灵芝，养殖蜂蜜，捕鱼捉虾，抛秧插种，施肥撒药时，对方的嘴巴简直可以吞下一头河马。“只有和贫困户们一起劳动过，你才能真正地理解他们，他们也才会和你说真心话！”现在，当他骑着摩托车奔驰在乡村小路时，就像农民下地要拿着锄头般，包里一定装着笔记本、血压计和听诊器。

现在，当他出现在村里时，有一种如鱼得水的自在。现在的他，和第一天来到村里的他已完全不同。在走出医院办公室的最初阶段，他感觉浑身不自在，觉得生活丧失了朝九晚五的规律性，所有的事情都像蛛网般混杂一片；而现在，他已完全适应了这种新的生活，并在其中找到了新的规律和新的方法。现在，他骑摩托车的技术越发娴熟，脸庞也越发黝黑，对贫困户的理解也越发深入。天地如此广袤，其深奥和复杂，远非局限在医院办公室的人所能了解。现在，他的生活依旧是早起晨读和晨跑，当他晨跑时，路上所见的无论是大人或小孩，都会亲切地和他打招呼：“漆书记早！”若是周末的傍晚，看到村委的灯还亮着，便会有人来招呼他：“漆书记，来我家喝茶！”事实上，这种亲密无间的关系，并非一蹴而就，而是靠一天天的情感积累，最终铸就而成的。

那一天他记得很清楚——2019 年 9 月 27 日——和往常一样，他在晨读后出门跑步。从村委出发，他朝 3 公里外的小枧坑村跑去。跑在半路上时，耳畔传来急促的呼喊声——“漆书记！漆书记！”当他停下脚步后，身旁便停住了一辆摩托车。原来，车主是贫困户李润明。当他用急切的语气说了一通话后，漆云良即刻点点头：“你先骑车回去，我马上跑步到！”原来，李润明 82 岁的老父亲腿疼得直哼哼，晚上都睡不着觉，可老人家 5 天前刚刚从仁化县人民医院出院回到家。10 分钟后，当漆云良来到李家后，李父已坐在床上等待着。

一看到病人，漆云良便即刻转换了角色，从“漆书记”变成“漆医生”。他先询问了老人的病史，又查阅了病历资料，再检查老人的左膝关节，仔细观察舌、脉二象。原来，老人患有糖尿病、高血压、痛风性关节炎、高脂血症等多种疾病，但在 5 天前出院后，他每天都要抽两包烟，所以引发左膝关节肿疼，继而导致睡眠质量差。他即刻劝说老人要戒烟，看到对方面露难色，他便又婉言劝解：“那至少，服药期间不能再抽了啊！”老人随即笑逐颜开，不断点头。根据老人病情，他当即开了相应的中药处方，并让儿子注意老人的饮食要保持清淡，不能抽烟和喝酒，且不宜过多走动。临走时，他再三叮嘱老人：“要是哪里不舒服，让儿子赶快给我打电话！”老人频频说着“感谢”，并往他的手里塞了个红包。漆云良像是碰到烙铁般被烫了一下，赶忙把红包塞回去：“不用！不用！真的不用！”

李润明家共6口人——李润明夫妻、父母及两个孩子。他家贫困是因病因学——八旬老父体弱多病，经常住院；20岁的儿子在广州读技校，一年的学费和生活费三四万元不止；8岁的女儿读小学二年级，正是长身体之时。全家的生计，全指望那500棵贡柑树和730棵砂糖橘树的收入。前两年，李润明咬牙建起了一座水泥平房，获得了国家补助的4万元，但生活还没有彻底脱贫。针对他家情况，漆云良制订了一个脱贫方案——除每年参与村里的扶贫项目，可获1000多元的分红外，不能单单指望果树收成，还应扩大经营范围。他和扶贫工作队的队员们商议后，先给李润明家发放了免费的化肥和农药，让他家在春耕时不致尴尬；又免费发放了鸡、鸭、鹅的幼苗，鼓励他们在养殖业上多下功夫，增加收入。

离开李家后，漆云良依旧跑步返回村委。跑着跑着，他扑哧地笑了起来。这种“跑步途中为老百姓看病”的行为，和“走方医”“赤脚医生”颇为相似。他想起孙思邈在《大医精诚》中说“凡大医治病，必当安神定志，无欲无求，先发大慈恻隐之心，誓愿普救含灵之苦”，不觉感慨万千。在医院工作时，他并未真正理解何为“大医”，而现在，当他在目睹了贫困户家里的窘迫后，真正理解了什么叫“无欲无求”，什么叫“恻隐之心”。只有懂得了这些，才能明白人间疾苦，才能心怀慈悲和恻隐，去不管不顾地解救苦难。在这个过程中，“大医”是绝不会想到一丁点儿私利的。那一刻，他幡然醒悟——其实，无论他的角色是“漆医生”还是“漆书记”，他所干的事情都是为民造福，而在这个过程中，他从未想到过自己的得失。

漆云良一直惦记着“驼子”刘健业。这一天，当虎门的一家服装厂捐赠了50多件新衣服后，他专门挑了2件去找刘健业。“驼子”虽身量不高，但练得一身“好武艺”——能骑自行车到别村去逛。“驼子”是个单身汉，总是将日子过得懒散、邋遢——除了那皱巴而脏污的衣服外，最令人惊骇的，便是那又长又乱，且被污垢、头油弄得支棱起来的头发。那不是头发，而是一团黑云。漆云良寻到村里会理发的妇女，递给她一张100元钞票，请她帮忙给“驼子”理个发。可对方连忙摆手：“不行不行！那家伙身上的味道闻不得啊！”唉，漆云良不禁为“驼子”叹气——经常忘记洗澡的他，确实像一间移动的调料库，充满了各种浓郁而丰富的味道，让人们想掩鼻躲开。可也不能总是顶着一团“黑云”走来走去吧？漆云良借了把剪刀后，在村口给“驼子”剪起了头发。

这是他第一次剪发，虽然没有经验，但剪刀在手，也就大权在握，只管那么“咔嚓咔嚓”地剪下去。那个时候，他并非觉得自己是在干好事，而只是简单地换位思考——若那团“黑云”顶在自己脑袋上会怎样？一定会难受得要死吧！这样设身处地地联想后，他在剪发时并非觉得自己是在帮助别人，反而像是自己在帮自己。剔除掉“黑云”的“驼子”，像变成另一个人。虽然还是矮小瘦干，但到底还是清爽了许多。“驼子”在照镜子时，眼神里打出一道闪电。陡然间，在他的脸上爆出一个没牙的笑容：“呵呵，呵呵。”继而，他将大拇指高高举起，喉头里的“呵呵，呵呵”变成了“哈哈，哈哈”。漆云良也笑了起来：“谁说你傻！其实你很聪明嘛！”他学着“驼子”的模样，也将大拇指高高竖起。这一举动，让“驼子”将嘴巴咧得更大，也越发热烈地点着头。“驼子”的脸颊上布满热泪——两颗原本又瘪又硬的眼珠子里，居然能流淌出液体！后来，在漆云良的建议下，村里给“驼子”安装了一台电视机，让他在夜晚不再那么孤独、寂寞。漆云良还想给“驼子”家装个太阳能热水器，能让他洗上热水澡。在这个村子里，“驼子”是边缘人中的边缘人，然而，“在扶贫的路上，不能落下一个贫困家庭，丢下一个贫困群众”。

“驼子”刘健业独自一人生活，漆云良为他送去新衣并给他剪头发。剪发后，刘健业开心地竖起大拇指，感谢漆云良对他的关心与照顾。

看到路灯照耀在村委会文化广场时，漆云良不禁感慨：“环境这么好，得利用起来啊！”他决定每周三的晚上，在这里教村民打太极拳。从“掤捋挤按须认真，上下相随人难进；任他巨力来打我，牵动四两拨千斤”的揽雀尾，再到“意趣环生味无穷，恰似杨柳摆春风；练到优美柔和处，行云流水一般同”的云手，他悉心地纠正着村民们的每一个动作。这些与土地打了一辈子交道的人，手掌像是泥塑的，布满干燥而皲裂的纹路。他们的身躯像一块胡杨木，僵硬得毫无韵律感。“学太极能帮助人们去除浮躁，修身养性，外练筋皮骨，内练精气神。”在漆云良的鼓励下，贫困户蔡新华夫妇、谭发善夫妇，村民李润兰、蔡润娣，村医刘娟红，村支书李文满，镇农业办袁主任，村委妇女主任刘大姐等人，通通成了他的学生。为了方便联系，大家还建了一个“斜周太极微信群”。只要到了时间，学生们便跟随老师，挥手踢腿，摆起架势，让这个小村的夜晚有了别样的气息。这股摩登而时尚的气息，让古老的乡村为之一颤。那些经常喝酒、抽烟、打牌、熬夜的人，被路灯下那整齐的运动场景给震慑住。他们先是紧绷一张张菜黄的脸发愣，然后，再一个个躲进暗处，不好意思露面。

2020 年 2 月 4 日是立春，天空飘着蒙蒙细雨。原本，这是春竹拔节的时节，然而，2020 年 1 月底爆发的新型冠状病毒肺炎疫情，让小村的春天姗姗来迟。小村似乎进入了战备状态，到处都弥漫着一股浓浓的紧张气氛。这天一早，镇委书记和镇长来村里开会，落实了工作重点——要强化临时监测哨卡的巡查，要加大力度进行健康教育，要及时送达与告知疫情信息，要对疫区返回人员加强体温监测，要发放口罩、体温仪、消毒液等防护物资。考虑到村里的老年人、慢性病人的抵抗力较差，漆云良便和大家商定了“入户走访，监测体温，不漏一个”的目标。这一天，他的工作重点是到贫困户家测量体温——在 41 户的 172 名人员中，包括 26 名居住在外地的人员，18 名从深圳和广州来村的人员。

当他来到刘培宗家时，刘的妻子张富香热情地招呼道：“漆书记来了！快进来坐！”正在劈柴的老刘听闻，即刻丢下柴刀进了门。巧得很，老刘的两个女儿宝莲和涓莲也都在家，齐声向漆书记问好。这个家看起来相当简朴，但十分和乐。漆云良想起自己第一次来的时候，简直迈不开步子——那间老屋又黑又小，摇摇欲坠。现在，全家人都搬进了新居，每个人的脸上都喜气洋洋；现在，这个家终于把“村里唯一没有完成危房改造”的帽子给摘掉了。在测量体温时，漆良云对老两口叮嘱道：“出门一定要戴口罩啊！”他不厌其烦地演示戴口罩的正确方式，还告诉他们，他到别人家也会这么说的。在村里住久了，他已相当了解村民的心理——怕自己戴口罩给邻居们笑话。

他拿出个红包塞给宝莲：“你在学校要好好读书，在家里要多做家务活，还要对爸妈多讲些防疫知识啊！”宝莲即刻点头：“漆书记放心吧，我一定让爸妈出门时戴上口罩！”原本，他以为劝说戴口罩是个大难题，但现在，就这样迂回地解决了，心里一阵高兴。他感慨，有些干部虽然心肠很好，但工作方式稍显粗暴，好像总是在对不上的时间里，说了接不上的话题，和村民的关系反而越努力越疏离。临出门时，他还不忘和男主人谈及收成。老刘显得相当坦然——原本农作物会有 6 万多元的收入，但现在受疫情影响，可能会少一点，但总体还是可以的。漆云良又叮嘱了几句，这才出发去另一户人家。

测量体温看起来并不费劲，但非常耗时。况且，当他这样一户户挨着量时，总是不忘询问收成如何，有无困难。他用最朴素的语言讲解疫情，反复强调“不聚会、少出门、勤洗手”的重要性。等走访完西坑 8 户 26 个人后，已到下午 1 点。同事摸了摸肚子说：“饿了吧？”漆云良却笑道：“要不，一鼓作气，把黄石坑和瑶前村的 5 户也走访完？”“走！让我们跟时间赛跑！”简单的午饭后，他们又去了小枧坑、大印头和黄溪水村。等晚上 7 点半回到村委时，他们已走访了 38 家贫困户，测量体温 126 人，电话随访居住外地的贫困人口 26 人，监测外来人员 18 人，发放宣传单 150 余份。这些事做起来，根本无法行云流水，反而黏滞、琐碎，然而，“大疫”当前，唯有把这些小事做细致、做踏实，才能取得真正的成效。

这天晚饭后，漆良云并没有和衣安眠，而是再次出门——他还要去哨卡巡视。原来，自从打响防疫战后，村里便在 3 个道路口设立了临时监测哨卡，用大喇叭播放疫情防控知识，劝阻外地人员返乡，又要监测、登记来往人员的体温，还要防止外来车辆、外来人员进入。在哨卡上值班的，有村干部组、兄弟组、夫妻组、父子组、军人家属组、大学生组等不同组合。大家都绷着一根警惕的弦，认真、负责地检查着。巡完哨卡返回村委时，已是夜里 9 点半。躺在床上的他依旧心绪不平，琢磨着明天的工作该怎么干才能周到而详尽。他思忖着，农村的防控工作还是要发动群众，让被动防护变成主动防控。那么，要不要在村里搞一次全民健康大宣教？在宣教时，要不要找人演示一下个人防护的过程？他从床上翻身下来，打开笔记本，抄录下毛泽东的诗句——“借问瘟君欲何往，纸船明烛照天烧”。

疫情期间，村民们轮流在临时监测哨卡值班，
大家都绷着一根警惕的弦，认真、负责地检查。

唠家常、小红包和拆旧房

在一个星期天的早上，漆云良从村委出发时，对自己进行了全副武装——戴草帽、套雨鞋、穿长袖衣、拎矿泉水瓶。步行 40 分钟后，他来到了谭蒙山的家。老谭身量不高，皮肤黄黑，浑身精瘦。他长着一双大眼睛，眼尾纹格外深刻。他已经是 65 岁的人，但还是家里的主要劳动力，然而，毕竟岁月不饶人——发际线明显后退，令老谭的整个前额全都裸了出来；所剩不多的头发也变得花白，连嘴唇和下巴处的胡子也是花白的。老谭的妻子虽然体型高大，但力气很小，根本干不动体力活；女儿结婚后生育了两个孩子，年龄都还小，需要大人照顾；女婿虽然年轻力壮，但因常年在深圳打工，家里的活计也帮不上忙。

远远的，山路上走来两个人，都肩扛锄头、手提木桶，根本分不出哪一个是书记，哪一个是村民。两个人徒步半小时后，来到一个小山冲。望着满山的油柚、贡柑与砂糖橘，老谭的嘴角微微翘起——这不仅是属于他的橘园，还是属于他的希望、他的梦想。老谭是村子里的老高中生，比别人更容易接纳新知识。他家很早就完成危房改造——两层半的水泥楼房四方四正，煞是气派。这栋房子虽然花了老谭家的不少财产，但有国家补助的 4 万元，让老谭又甚是欣慰。老谭很注意学习种植技术——在山上的这 300 多棵柑橘树，长势一直良好，预测收成会不错。

进入橘园后，两个人便开始拿着锄头挖水渠——只有渠沟深凹，才能贮存下更多的山泉水，才能浇灌这些果树。漆云良双手握着锄把，用力一挥，让锄头的顶部锋刃咬住地面，再用力向下一弯，抠出一块泥土；然后，再用力一挥，再向下，再抠出另一块！这一块接着那一块，这一块之后还有那一块，这一块和那一块完全不同。虽然已经一块接着一块地抠出了泥土，然而，小小的锄头却无法切断深坑内部那根连根的密网。怎么办？只能用最笨的办法——只能是这样一块那样一块地挖下去。通过一次次撞击，最终，整条渠完全下沉，变身为深深的沟壑。这样的重体力劳动，是漆云良从未经历过的——年轻时他在老家也干过农活，可那时，他的身子从来不觉得累；后来，他常年从事医务工作，难得有抡起锄头的机会。而现在，他的 T 恤已全部被汗水湿透，黏糊糊地贴在胸腔和后背上；他的手臂因为举着锄头一起一伏，变得僵硬而麻木；他的脚底沾满了黏糊的泥土，那泥土增加了些许重量，让他每向前挪动一步都格外困难。

这一天的日头格外猛烈，撒下千万条金箭，直愣愣地射在他的肩膀上。趁着擦汗之际，漆云良和老谭唠起了家常："其实啊，你可以接些水管，再弄些开关与喷嘴，把溪水引到橘园里，省得这样一锄头一锄头地挖啊！"然而，老谭却面露犹疑之色，嘴唇紧绷。过了片刻，他忍不住叹息，又降低声调，道出自己的秘密。原来，这片柑橘园才出产，还不知今后收成怎样，所以他不想过多投资，否则，收入会不可逆转地下滑。漆云良不觉纳闷：“现在国家的农村政策这么好，为什么不投资呢？”原来，老谭并非不相信政策，而是觉得没有接班人。老谭再次叹气后，像患者要揭开自己的伤疤般，吐露的词语浸泡着疼痛的感觉：“唉，女婿是上门入赘的，到底不能像儿子那样随便使唤；女儿还要照顾小孩，干农活又没有力气。”漆云良思忖了一会儿，劝导老谭：“要不，让你女儿多做做女婿的思想工作，打工到底不能干一辈子，还是要把自己的传家宝继承下来嘛。”看老谭的脸色有些缓和，他又给老谭吃上一颗定心丸，“要不这样，等有机会，让我来和你女婿谈一谈。”老谭的眼睛弯了起来，喜上眉梢：“那当然好啊！”漆云良说：“女婿的事情包在我身上，你还是把注意力放在橘园里。我在村里还要干两年，我会来帮你的！”老谭激动地点头说：“我会努力干的！”

中午时分，两个人便从山里返回村中。漆云良将锄头和木桶放回老谭家后，朝村委走去。这时候的阳光，是一天中最为猛烈的，简直像千万道激光辐射而下，令他再次大汗淋漓，连头发都黏成了一缕一缕的，裤脚上还沾着泥巴。和村里的乡亲们打照面时，对方的眼里都含着笑意：“漆书记好！”他在点头示意时，不觉哑然失笑。他这副装扮，根本不像一个书记，简直就是一个刚从山里干活回来的村民。虽然浑身黏糊，胳膊和大腿非常疲惫，腰也极为酸痛，但他的心情甚为愉悦。简单地洗漱了一番后，他在笔记本上写下这样一句话：“脚下有泥土，头顶有灵光。”是的，这是他最近的领悟。他在村里住得越久，越明白与贫困户的相处之道——要把自己整个儿地交出来，要和他们一起吃饭，和他们一起下地劳动，懂得他们碗里的咸淡，懂得他们劳作的艰辛，懂得他们内心的伤痛，他们才会认可你。一旦他们和你建立起亲密的情感关系，他们便会讲出心里话，也愿意接受你提出的建议。

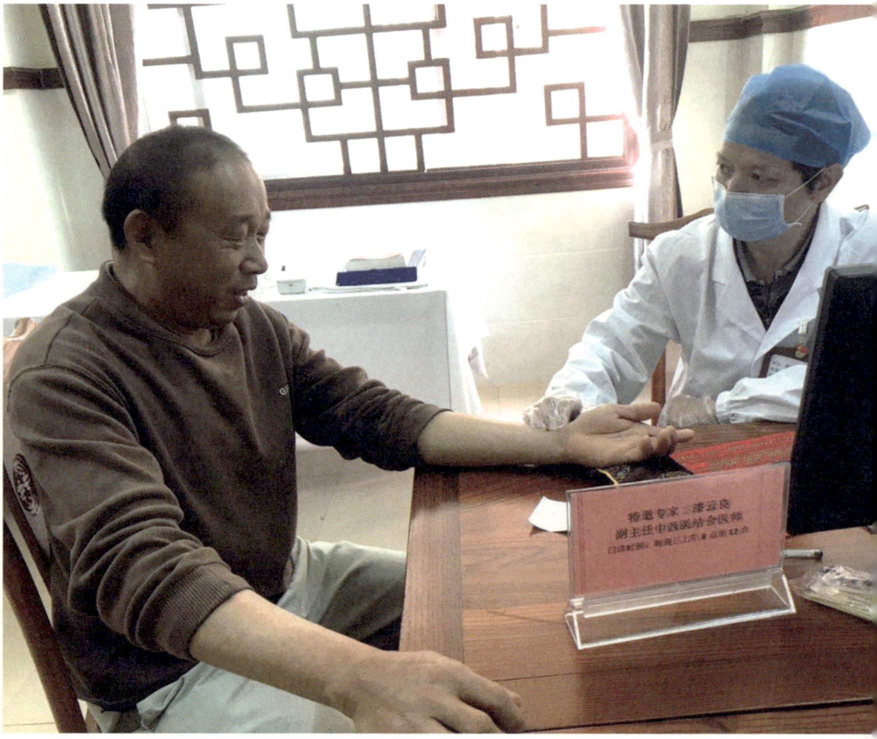

漆云良不仅为村民诊治身体疾病，更为当地带去了治疗“贫穷病”的“良方”。

不出几日，听说老谭的女婿从深圳回来，漆云良便赶忙去找小伙子谈心。只见这个年轻人个头很高，有一米七八，但身形稍显单薄精瘦。漆云良开门见山地说：“现在，粤北的农村发展得这么好，你岳父也打好了基础，你再打两年工后，要把重点放回到田里，要以搞农业为主啊！”看到女婿有些愧怍不安，他又趁热打铁，“在家里种柑橘，既能致富又能和孩子一起成长，岂不更好？你想想，你已经是两个孩子的父亲了。”女婿像被击中了软肋，浑身一紧，旋即点头说道：“嗯，没问题，再过两年一定回来！”到2019年年底，老谭家的柑橘收入将近4万元，加上其他收入，已完成脱贫指标。漆云良思忖，若是日后女婿能回来继承橘园，这个家便不会存在返贫的危险。

在另一个星期天下午，漆云良来到李荣生家。这个家显得十分简朴——白石灰粉刷的墙壁，原木色的柜子，再加上原木色的沙发和饭桌，让整个房间显得温馨可人。跟随着这对夫妻，他来到山上的橘园。风景相当不错，但从四面八方吹来的热风直直地扑打在面颊上，让他喘不上气来。男主人47岁，中等个头，理着个小平头，皮肤是姜黄里透着黝黑的那种咖啡色。很明显，他的气色相当差——皮肤的光泽已变得钝然，虽然眉眼还算清秀，但是额头和眼角的皱纹，却如泥土裂开般深刻。他的体型不能用“精瘦”来形容，几乎算得上“形销骨立”——套在身上的T恤显得松松垮垮，没有一点厚度，也没有一点分量。他的身体看起来轻飘单薄，像个掏空了瓤子的葫芦瓢。然而，这个男人的性情内敛而羞涩，一笑时，显露出一口白牙。漆云良却见不得那男人笑——他越是笑，漆云良的心里越是酸楚。要知道，这可是位尿毒症患者啊！

李荣生家的主要收入来源便是这山上的柑橘和3亩水稻。妻子邓渊梅才刚过而立之年，肩宽体壮，已成为全家的主要劳动力。由于常年从事重体力劳动，这个女人的脸庞被晒得黝黑发红。可是，她一个人只有两只手，一天从睁眼忙到天黑，累得眼前阵阵发暗，还是有一堆的活没干完。无奈，他们只能被迫减少水稻的种植。然而，柑橘却不能不种——那可是全家人最重要的收入来源！由于丈夫重病，女人勉强持家，这个家成为全村唯一的一户“易返贫农户”。在2018年时，这家人的收入甚为微薄，年收入仅有6000元。他们全家主要靠每月近2000元的低保维持生活——4个人每人每月484元。然而，橘园不能荒废——山上和田里的柑橘树加在一起，足有600多棵，且不断挂果，而这些果实，是他们在2019年的全部希望。

给橘园施肥可是个技术活——既要看柑橘的花、叶与果实的需要，还要看天气状况。细心的果农总结出最佳的施肥时间，便是下雨的前一天。如果没有赶在这一天施肥，那么柑橘的收成便会大受影响。考虑到李荣生家缺劳力，漆云良便和这对夫妻商量，一定要在下雨前的那一天过来帮忙施肥。走进曲径通幽的橘园中时，漆云良看到园内已备好了小型抽水机、水管、水桶、高压喷枪和复合化肥。3个人便开始分工协作——在李荣生夫妇往每棵树下撒化肥时，漆云良便拖着60米的水管，举起水枪，朝撒有化肥的树下喷水。这边撒，那边喷，协作劳动的效率就是高！看到有些山坡实在高，无论水枪怎么喷都喷不到，他便采用最原始的办法——用桶装上水，提着走上去再浇灌。

他就这样一桶一桶地提着水。虽然腿成了抽去骨头的肉棍子，但他依旧用精神支撑着——只有让每一颗化肥都被水溶解，才能保证这片橘园的丰收，才能让这个家庭的日子继续下去。山上的温度越来越高，云朵像调皮的小孩从一边往另一边跑，太阳则让泡了水的化肥释放出一股浓烈的味道。忙碌干活的漆云良发现自己的嗓子干涩，怎么都吞咽不下唾沫。整个午后，他便这样沤在潮湿的闷热中，拖着那条长蛇般的水管走来走去。他的汗水不是一滴一滴地流下来，而是像下雨般倾泻出来，令前胸和后背的衣衫全都湿漉漉，好像身上涂了一层热糨糊。他感慨自己不过是偶尔过来帮忙，可这样的活计，对这对夫妻来说，却是家常便饭。当丈夫的还是一位尿毒症患者！他是职业医生，当然知道那个病意味着什么，可出现在他眼中的这对夫妻，却充满了乐观精神，从来不曾抱怨，也不曾怨恨，只是勤勉地工作，试图改变自己的穷日子。

如此勤劳的一对夫妻，何以让家庭陷入贫困陷阱？原来，疾病和学费是这个家的两大黑洞。男主人每年平均的医药费在 10 万元左右，虽然可以报销 95%，但家里到底还是丧失了一个主要劳动力；两个孩子的学费，也是一堵墙，死死地压在父母的肩膀上。16 岁的大女儿李静，性格腼腆，就读于韶关市北江中等职业学校，每年的学费和住宿费要花 3 万多元；10 岁的小女儿李燕，性格活泼，就读于扶溪学校三年级。虽说小学的学费全免，但买文具及日常生活也是一笔不小的费用。这样林林总总算下来的数字，和卖柑橘的数字一比对，自然显得格外庞大。

为了省钱，李荣生经常骑着摩托车，自己到30公里外的医院去做透析！他这样做，既省下了坐公共汽车的钱，也省下了妻子陪护的时间。每每想到那个画面——那位孤独的男人正骑着摩托车朝医院奔去——漆云良的眼圈便会发红，鼻头便会发酸，感觉泪水止不住要流下来。他佩服李荣生——看起来，这个男人是那样的普通，然而，他却有着超越常人的坚强意志。这种罕见的生存能力像是一种天赋，在贫穷的环境里也没有遭到稀释，反而完整地保存了下来。

为了帮扶这个家，他建议村里给邓渊梅提供了一个公益性岗位，每月能有1000多元的收入。两个孩子，也分别享受到国家的助学补助——大女儿获得5000元的学费补助和3000元的生活补助；小女儿获得3000元生活补助。即便这样，这个家的日子依旧过得紧巴巴。在2019年年底时，漆云良发起了一场“消费扶贫、爱心奉献”的活动——由镇政府按最低成本价筹集优质大米，每袋10斤，按一袋60元销售，将销售利润捐赠给李荣生。最终，他将筹得的6800多元善款送到了李荣生家。春节时，李荣生70多岁的母亲为了表示感谢，专门给漆云良包了个50元的小红包。漆云良捏着红包，感觉鼻子阵阵发酸。这样一位老人，靠着平日里的节俭，一点一滴挤榨着一角钱、两角钱，最终才攒出了这50元。他可吃不消这份厚礼，所以，他当然是坚定地退了回去，然而，老人家的一片心意他却领受了。

在2020年年初，漆云良从新闻里了解到东莞市的扶贫情况——通过2016年到2019年的努力，东莞扶贫的韶关、揭阳两市的323

个贫困村，贫困户的生产、生活条件已有了明显改善；扶贫干部帮助贫困村开展村道硬底化近2000公里，实施饮水安全工程512宗，危房改造4768户，修建广场626个，建设卫生站339个；贫困村集体平均年收入从2015年年底的3.08万元增长到2019年的15.39万元，年均增长率高达49.5%。他反复阅读着这些数据，一点都不觉得枯燥。因为在这些数字里，包含着他和斜周村人的努力。

当他反复凝视着这句话——“危房改造4768户”时，不觉在嘴角弯起一个笑容。在这个数字里，有他的一份小贡献。那一天，他依旧是早晨5点起床，在背完汤头歌诀与《百症赋》后，即刻出门跑步。从斜周村到扶溪镇，中间是246省道，有10公里。路途中，每每遇到去赶集的村民，他们都要停下脚步，带着炫耀的神情过来问候——“漆书记，坐我的摩托车吧？”“漆书记，我捎您吧？”他向村民们摆摆手，满嘴“谢谢，不用了”，可心里却想，“人知从太守游而乐，而不知太守之乐其乐也。”路过大印头村小组时，他发现祠庙里聚集了不少村民。原来，今天是祠堂祭祀“吃庙会”的日子。现在，他对斜周村的各个村小组都了如指掌，知道这个小组住着三四十户人家，很多年轻人都去珠江三角洲一带打工，而在祠庙里祭祀的是蔡十八郎。相传，是蔡十八郎日夜看守着锦江，守护着斜周村，才保得这里风调雨顺。每天，都有虔诚的老奶奶到庙里来烧香祭拜。

傍晚时分，有村民来到他的住处，硬拉着他去“吃庙会”。他推辞不过，便跟着来了。只见庙前摆着七八张围桌，桌上放着饼干、花生、瓜子之类的小吃。到了下午 6 点，人们在锣鼓队的带领下，拿着油灯、纸符和纸船，小心翼翼地穿过公路与农田，来到锦江边。在起誓祈祷、敬献公鸡之后，又点燃纸船里的灯芯，燃放鞭炮，放船归海，祈求在家者人畜兴旺，在外者事业有成。这个偏僻的粤北小村虽不富裕，但人们勤劳地经营着每一天，内心充满虔敬。这种气氛深深感染着人群中的漆云良，让他觉得自己像一粒盐，已彻底融入小村的日常生活。从河边返回就餐时，他发现自己与大印头村民林辉南同桌。老林有一张褐黄色的脸庞，在村里也算是德高望重的人物。一看到漆书记，老林即刻争着给他添饭，而他则赶忙起身道谢。原来，老林的妻子是漆云良的学生，每周三都跟着他学打太极，所以总是在丈夫面前夸赞漆书记，说他是“在泥土里做实事的人”。故而，两个人一见面，无须用九曲十八弯的方式建立友谊，即刻便熟络起来。其后，漆云良便和老林一家时常走动，关系甚为融洽。

“漆书记有广泛的群众基础啊！”这话可不是别人说的，而是扶溪镇的祝向恩书记说的。他请漆云良来帮忙：“漆书记，旧房改造的事要拜托你了。”拆旧房是个极为难办的事。譬如——大印头村民林辉南，他在村里已建有新房，墙壁雪白，地上还铺了地板砖。然而，那处旧的泥砖房一直闲置着，又黑又破，在路边显得十分扎眼。虽然这屋子完全符合拆除泥砖房的标准，但村委和镇政府的人想给老林做工作时，他一律避而不见。再譬如——西坑村的贫困户聂球生家，他家有一座泥砖房已摇摇欲坠，侧旁用树干支撑着。虽然村干部给他说了很多次，但他油盐不进，就是不拆。

漆云良接受了这个任务后，决定先找老林谈。老林已 60 开外，平日在县城里照顾孙子，难得一见。他的 3 个儿子都已结婚，且都在县城买了新房。他在村里的旧房一直闲置着，养些鸡和鸭。趁着老林回村时，漆云良便登门拜访，顺便将旧房改造的事也提了出来。老林也坦然地说了自己的顾虑，然而，当听到漆云良的解释后，他马上笑逐颜开地点头答应："没问题！"老林信任漆云良，所以把心里的疙瘩全都抖了出来："我是害怕自己拆了房，政策又变了！"漆云良马上表示："政策绝对不会变！"漆云良进一步解释，"现在你拆房完全符合政策，是有补助的，可是过了这个时候拆，那就没有补助了。"看到老林还在犹豫，他便拿出了定心丸，"你如果相信我，我便以私人名义，先资助你一些拆除泥砖房的费用，然后咱们再签个担保书，我保证你能拿到补助！"老林的眼睛亮了起来，目光聚成了一道闪电："当真？"漆云良说："我们可以找个见证人啊！"老林这才放心地说："只要是你漆书记讲的，我就可以！"当天晚上，漆云良带着保人，拿上约定好的现金、担保书和签字收据来到老林家，老林便痛痛快快地签了字。

当漆云良来到西坑村小组时，看到这里绿树低吟，清溪垂唱，静谧秀美，温情平实，真是好一幅粤北乡村水墨画！然而，当他把视线投向聂球生的家时，总感觉不和谐——那栋泥砖房不仅破旧不堪，而且歪歪扭扭，侧墙上用树干撑着，几近坍塌。当漆云良敲开聂球生的家门时，张嘴说的第一句话却是："老母亲的身体最近如何？"他先为老人家量了血压，又叮嘱她好生休养，又给聂球生量了血压，叮嘱他吃饭要少盐少油，平时要少喝酒。然后话题一转，他开始表扬男主人是村里脱贫致富的产业带头人：“你看看，柑橘树种了 800 多棵，家里鸡鸭成群，今年的收入肯定不错，我是真心为你感到骄傲啊！”看到男主人脸上露出笑意，他便适时跟进，“现在，你大儿子参加了工作，每月也有 5000 元工资，很不错啊！”

看到老聂越发变得笑吟吟后，漆云良才把话题挑明：“老聂，你家那旧砖房没有人住，已经破得墙都歪了，很危险，能不能配合镇里危房改造的工作，把它拆了呢？”聂球生的笑容僵在脸上，脸皮颤抖了起来，像有针在扎他。他将声调降了几度：“漆书记，你是不知道啊，那屋子里不仅放了很多杂物，还有老人家的棺木啊！”随后，他又添了句，“而且，那房子是我小弟的，他现在住在仁化县城呢。”漆云良点点头：“即便是你小弟的，你也可以给他做做工作嘛！”看老聂不动声色，漆云良心生一计：“来来来，老聂，咱们今天来算一笔账！这三年，国家每年给你家的资助有 7 万元！你家盖的这栋红砖房，国家还补助了 4 万元！”见老聂点头，漆云良又说：“拆除旧房，虽然会给你带来一时的麻烦，但改变了村容村貌，让咱们村子变得美丽！况且，拆旧房国家还有补助。咱们做人要懂得感恩啊！”老聂的脸红一阵白一阵。他思忖了一下说：“漆书记，你放心，等下个月的农历初一，我把棺材搬到别的地方。我小弟的思想工作，也由我来做！”

漆云良了解李荣生家的贫困情况后，筹集 6800 多元善款和新衣送去李荣生家。

又一个粤北乡村的夜晚

从西坑村小组走出时，夜已经很深了。月光中，那条黄泥小路一直在漆云良的眼前蜿蜒着。他走着，转了一个弯，又出现了另一条黄泥小路，好像那小路永远都走不完。被露水湿润了的泥土散发着微微的土腥气，他深深地吸了一口气，又缓缓地吐纳了出去。他的脚踩在浮土上，发出窸窸窣窣的响声，心里有种无可名状的快感。就在刚才，他从手机屏幕上看到了这样一条消息——截至2019年年底，东莞市脱贫攻坚目标任务接近完成，累计实现脱贫1.58万户5.16万人，贫困人口脱贫率达99.57%；启动集体经济增收项目618个，帮扶323个贫困村集体平均年收入从2015年的3.08万元增加到2019年的15.39万元；东莞市同时帮扶云南昭通市，人口19.12万人次。帮扶协作项目受惠，覆盖人群超过80万人，使昭通市6个国家级贫困县（区）中有5个已实现脱贫摘帽。——他发觉自己的面颊变得温润濡湿。他知道，到2020年，让贫困人口全部脱贫，让贫困村全部摘帽的工程一定能100%完成！

此时此刻的斜周村，美得像一幅摄影作品——青黝黝的天空上，高挂着一弯新月；一栋栋农舍，像一块块巧克力蛋糕；窗户里的点点灯火，像一颗颗晶莹的珍珠。呼哧！一阵热风吹来，将树叶晃得哗啦啦直响，也将漆云良的眼睛吹得朦朦胧胧。蓦然间，他想起自己来到小村的第一个夜晚。那时，他站在村委的门口处，看到的是一幅岭南乡村的水墨画；现在，他行走在这图画中，已成为风景里不可或缺的一分子。他知道，自己已将生命中最好的那部分留在了这里；他知道，在度过了这些日日夜夜后，他已彻底地变成一个斜周村人！

第三章

海丰红色村庄的扶贫行动

从东莞虎门高铁站出发到汕尾，要一个多小时。车厢干净而整洁，空间宽敞，每个人都有自己专属的座位，还有放行李的地方。火车像一头刚刚苏醒的雄狮，鼓足马力，加速前进。汕尾高铁站营造出一种现代主义的简约风格——干净、明亮、有序。从这里出发的公交车，用一个小时将你带到了海丰县。显然，县城是一个与高铁站完全不同的地方——在炽烈的阳光下，人潮和摩托车流混合交响，令十字路口呈现一派无序的喧嚣。

海丰是一片充满神秘感的粤东之地。当你踏入这座小城，好像进入了英国中世纪时的那些城镇，你和历史已相互交融在一起，然而，这里却没有英国的寒冷，而是一片充满燠热和潮湿的地方。这个位于广东东南的县城，其名字取自“南海物丰”，已沿用了2000多年。这座岭南小城是陆地最后的疆界——弯弯曲曲的海岸线像遮阳帽的边缘，而丰沛的水汽和炙热的阳光，激发着植物的生长，调节着气流的循环，和干燥缺水的西北恰好相反。这里不可能有北方冬天深入骨髓的寒冷，这里到处都蕴藏着旺盛的繁殖力——暴雨和高温，硕大的榕树和木棉树，随处可见的香蕉树和鸡蛋花树，成群的鸡、鸭、鹅。这片大地有着极强的愈合能力——那些因开路或盖房子而暴露出来的地面，闪着古怪的肉红色，然而很快，绿色植被便将那些伤痕迅速覆盖。

旅行让你的身体交换了空间，去经历一些预想不到的事情。现在，你站在楼上凝视凌晨的县城——太阳还没有升起，山坡呈棕色曲线，栋栋楼房在雾霭中影影绰绰。白天时分，整个县城交通繁忙，人群川流；夜晚，大排档冒出炊烟，人们在一碗麻鱼粥的抚慰下，将劳作带来的辛苦一扫而光，安然入睡。然而在这座县城里，你总感觉如履薄冰——因为你听不懂这里的方言，所以你无法和人们顺畅交流。当你试图探听那些奇怪的福佬话时，好像侵犯了他人的领地，试图进入另一个世界，另一个区域，另一种文明形态。在这座县城里，你总能感觉到一种强烈的疏离感，好像自己来到了世界尽头的某个地方，某个穷尽了所有可能性的地方。

一个人的海丰

在海丰，历史是以叠缩的方式存在着的——你不仅可以目睹当下，还可以目睹100年前的那段历史。这座县城像一个虚悬在时间中的城堡，依旧延续着革命的喧嚣。海丰是广东省的红都——周恩来、贺龙、刘伯承、徐向前等老一辈革命家都曾在这里留下足迹；海丰还是一个充满象征意味的城市——就像伦敦现在依旧是狄更斯的伦敦那样，海丰现在依旧是彭湃的海丰。穿过大街小巷，走过鳞次栉比的小店，挤在熙来攘往的市场中，你都无法逃出彭湃的眼神。在海丰，彭湃无处不在——他的名字出现在人们的闲谈中，也出现在学校、医院和公园的牌匾中。彭湃出生在南海边的这块土地上，他当然热爱自己的故乡，然而，他的热爱和别人不同——因为他看到了故乡痛苦病灶的原因。作为海丰最优秀的青年之一，彭湃为这座县城带来了巨大的改变。如果你不了解彭湃，你便无法了解海丰——海丰的特点，便是彭湃的特点。

位于海丰县中心位置的红场，在这里建立起中国历史上第一个县级苏维埃政权。

你终于看到了那两个大字——红场。红场像一扇中国革命史的最初之门——后来的一切，都要从这扇门开始。在这里建立起的苏维埃政权，是中国历史上的第一个县级苏维埃政权。你被这里的红色深深震撼住——红色的街道、红色的墙壁、红色的大门。耀眼的红色形成强烈的视觉刺激，让你浑身一凛，肃然起敬。挺立在红场上的雕塑并不高大，但十分传神——那个年轻人穿着西装，头发被吹起，正放眼远眺。他似乎已看到了一个完全不同的世界，所以，他显得信心十足。他的面孔格外清秀、柔美，甚至还带着点天真与顽皮。这样一个看似没有城府、充满青春朝气的男人，居然干出了翻天覆地的大事。

在彭湃的一生中，最能体现其革命精神的，便是他对贫穷的态度。贫穷在南海边的这块红土地上，不仅激起了滚滚的热泪，更激起了愤怒的声讨和剧烈的变革。彭湃虽然只有33年的阳寿，但他穷一生之力，为穷人呐喊。他的理想生活是，“让所有农民都能有田种，有书读，有房住”。在红场的围墙上，有一面“彭湃烧田契”的浮雕。你看到年轻的彭湃高举火把，而脚下箱子里的田契已被烧着，四周农民皆以佩服的目光打量着他。彭湃此举惊世骇俗，不仅震惊了整个中国历史，连世界历史也为之一颤。当他点燃田契时，不仅烧光了一堆写着字的纸，还照亮了那个时代的秘密。在那时的阶级体制中，阶级意识早已根深蒂固，每个人都深谙自己的角色。若有人稍稍越轨也是被允许的，因为大家都知道，那个人不可能彻底地摆脱他的阶级属性。然而，若一位地主之子试图排斥父辈们的惯常做法，甚至用一把火烧掉田契，让农民不再交租，那便是站在了自己阶级的对立面，会被整个阶级所彻底抛弃。在火光中，彭湃变成了一个簇新的人——一个充满理想，愿意为理想而付诸实践，并最终死于理想的人。

1922年，从日本早稻田大学政治经济系毕业归来的彭湃，深入海丰县的各个农村，开展农民运动。此前，他也曾深入日本的农村搞调查，然而，他在故乡所看到的贫困令他大为震惊。那时候，生活在海陆丰一带的农民，日子过得极其困苦，高额的地租，高利的盘剥、苛捐和杂税如羊毛般层出不穷，而且，遇到台风、暴雨等自然灾害，田主也不免田租，使农民的生活雪上加霜。那时候的农民文化程度都很低，大多数人连自己的名字都不会写，如果和田主打起官司来，输的总是农民。故而，那些胼手胝足的人们辛苦四季，还是挣扎在贫困的陷阱中。“山歌一唱闹嚷嚷，农民兄弟真凄凉！早晨食碗番薯粥，夜晚食碗番薯汤。半饥半饱饿断肠，住间厝仔无有梁。搭起两间草寮屋，七穿八漏透月光。”

就在这个时候，彭湃来了。他说：“这是帝王乡，谁敢高唱革命歌？哦，就是我。”他还说，“不劳动的人不应该吃饭！”彭湃试图剖析那死水般停滞而腐朽的社会，探索农民辛苦种地反而吃不饱的病因在哪里。作为观察家，彭湃在一般人熟视无睹的现象背后，看到了一个巨大的秘密——农民为什么这么穷？原来，地主阶级就像可怕的寄生虫，叮在农民身上吸血、抽髓。彭湃之所以伟大，是因为他的观察方式与一般人不同——他从不刻意回避矛盾，也从不让单线思维困扰住自己；他不仅观察故乡这块土地，还反思整个中国及全世界所面临的土地问题；他将东方和西方的情况进行比对，用批判的眼光对中国问题进行分析；同时，彭湃不是一个囿于书桌的空想主义者，而是一个勇于走向现实的伟大践行者。当他观察到那些令人不安的贫穷现象时，并没有独善其身地躲进小楼，反而走向劳苦大众，试图在实践中探索出一条解决之路。

于是，彭湃换下学生装，穿起农民的粗布衣服；于是，他“食尽了四乡的茶饭，差不多日日是早出夜归”。在田间地头，他利用各种形式揭露地主剥削农民的罪行，启发农民的阶级觉悟。他的这种行为，和英国作家奥威尔（代表作为《通向威根码头之路》《1984》《动物农场》）颇为相似——为了解英国的底层社会，奥威尔曾和流浪汉生活在一起，睡同一张床，喝同一个罐子里的茶水，还和矿工们一起在矿井底下劳动。经过一番调查，彭湃既看到了农民的悲惨生活，又预测出若农民联合起来，将会爆发出巨大的能量。他说："辛亥（革命）以前，海丰的农民一直是隶属于清朝的皇帝、官僚、绅士和田主这帮压迫阶级，农民怕地主绅士和官府好像老鼠怕猫的样子，终日在地主的斗盖、绅士的扇头、官府的锁链中呻吟过活。""今天，我们无产阶级中，无有不为经济所压迫感受生活之困难者；终日孜孜劳力而三餐不饱者，固属多之；而因生活费之难以支持，至如卖妻鬻子、堕胎，亦层见叠出，甚者抛弃其生存权，而自尽者亦有之。"

彭湃成了一个活力四射的演说家，眼光清晰而敏锐。他在田间地头所说的话，如战鼓似响锣，令农民心智大开。彭湃所说出的词语是简单而平实的，但其所阐释的道理却是深刻而复杂的。他不断拓展农民的思维，告诉他们——"三下盖伙头鸡（'三下盖'是指佃户纳租谷还田主时，田主必用斗盖盖三下，而这其实是田主掠夺和侮辱佃户的表示；而'伙头鸡'则是当田主每逢早冬到佃户家收租时，必要佃户贡鸡一只，这其实是额外掠夺）都可以免除净尽……""我们农民，是世界生产的主要阶级。人类生命的存在，完全是靠我们辛苦造出来的米粒。我们的伟大和神圣，谁敢否认！""所以，我们一旦觉悟，结合全县农民，组织农会，协力团结，反抗社会一切不合理的制度，争回我们生存的权利……"

最终，农民作为一个阶级就这样崛起了——这不是发生在舞台上的戏剧，而是真实生活中的一幕。1922 年 7 月，彭湃与 5 位农民成立了广东省第一个农民协会——"六人农会"；之后，农会如滚雪球般越滚越大，从几人至几百、上千、上万人，最终达到几十万人。在 1923 年的《广东农会章程》中，彭湃提出了这样的纲领："图农民生活之改造，图农业之发展，图农民之自治，图农民教育之普及。"1924 年，彭湃赴广州领导农民运动，创办了农民运动讲习所。1927 年，他参加了南昌起义。同年 11 月，他领导海陆丰人民做了一件轰动全国的大事——召开了县工农兵代表大会，成立了海陆丰工农兵苏维埃政府。这是中国历史上第一次竖起了苏维埃政权的旗帜，实开中国无产阶级革命之先河。

在《海丰农民运动》这本书里，彭湃详细记录了农会的具体措施——调整租佃关系，防止田主随意提高租金，领导农民减息减灾，遇到歉收时请田主减租额，调节发生争执的会员矛盾，取消码头税，开办农民医药房、农民学校和农业银行，夺回市场管理权，疏浚河流湖塘，取消封建陋规，等等。彭湃善于从农民的实际利益出发开展斗争，且很注重斗争策略。在革命初期，他将重点放在发展生产和改善农民生活上。经过慢慢引导，他让运动逐渐从经济运动转向政治斗争。时至今日，当你在海丰聆听彭湃创作的歌谣《田仔（佃户）骂田公（地主）》时，依旧会感觉热血沸腾——

冬呀！冬！冬！冬！
田仔骂田公：
田仔耕田耕到死；
田公着厝食白米！
做个颠倒饿；懒个颠倒好！

是你不知想！不是命不好！
农夫呀！醒来！农夫呀！勿戆！
地是天作！天还天公！
你无分！我无分！
有来耕，有来食！
无来耕，就请歇！

如今，当你来到这片红土地时，距彭湃搞农会不过近百年的时间。此刻的海丰乡村，早已发生了巨变。令海丰人值得骄傲的是，两个省级新农村示范片区的建设——莲花片区涉及3个行政村22个自然村，按照“一河一路五园”的建设思路，先后投入建设资金1.6亿元，完善了各项基础设施建设，建成了一批乡村旅游设施，潮汕民居特色十分突出。这个片区还将茶叶产业与旅游业深度融合，有力地带动了当地农民的增收；海丰县在新山鹿境片区的建设中，共投入建设资金近2亿元，打造出新山、池口等5个行政村。到2019年年底，各项建设已基本完成。县里通过把红色遗址、景观资源与产业经济相融合，发展休闲观光、文化旅游、现代农业等农村经济产业，构建起全产业链新型业态、粤东红色旅游精品线路，成为广东省粤东片区实施乡村振兴战略现场会、广东省抓党建促乡村振兴暨红色村党建示范工程现场会的参观点，高峰时期的日游客量超过2万人。

如今的海丰乡村，早已不是彭湃当年所见到的模样。县里通过落实农业产业发展、农村基础设施建设、“厕所革命”、“三清三拆”

等措施，使乡村振兴发展取得明显成效。到 2019 年年底，海丰县城镇居民人均可支配收入达 31310 元，增速 9.3%；农村居民人均可支配收入 17457 元，增速 10.4%；农村居民人均可支配收入增速比城镇居民人均可支配收入增速高 1.1%。县里还大力推进特色精品村的建设——筹资 1.4 亿元，在每个镇选择 1 至 2 个行政村，全县共计 15 个村，实施人居环境整治提质升级工程，并在 37 个省定相对贫困村全面实施新农村示范村建设。最终，通过典型带路、以点带面，深入推进全县人居环境整治，实现农村面貌的焕然一新。到 2019 年年底，海丰县建档立卡的 9089 户共 27999 名贫困人口，人均可支配收入达 1.5 万元以上，按“八有”标准 100% 实现稳定脱贫；37 个省定贫困村全部达到脱贫标准。

当你在海丰县阅读到这些数字时，体会到的是一种神奇的错位感——那些保留在红宫红场旧址纪念馆里的各种文物，让你形象地看到了 100 年前海丰农民生活的窘迫，而现在的这些数字，却显示了另一种状态的出现。你将信将疑——在这个天涯海角之地，所有的农民都已全部脱贫？所有的贫困村都已全部摘帽？你决心要像 20 世纪 20 年代的彭湃那样，到县城所辖的那些村里去实地考察。只有在田间地头看看庄稼的长势，到农民的居舍里看看客厅的摆设，和农民们谈谈他们的收入来源，你才会对这些数字产生真正的敬意。

彭湃的雕塑伫立在海丰县的红宫红场纪念馆中，
毛泽东称他为“农民运动大王”。

坡平村

虽然已进入隆冬时节，但岭南的寒冷是打了对折的。从海丰县城开车到位于西南部的联安镇，一路上在乡村小道上穿梭蛇行，花费了 20 分钟。《广东省惠阳地区地名志》记载：传说清代时，石塘、田心、优埔三约（过去的“约”相当于现在的“乡”）代表为避免械斗，在石角头山会旗宣誓，规定各约不得介入械斗，要联合起来保护人民的安全，故取名“联安”。在那条乡村道路的右侧，是一个挨一个的电线杆，拉扯着长长的电线。然而，在道路的左侧却空空荡荡。蜿蜒的道路上铺着沥青，尚且平坦，两侧则是大片大片的田野。那些伫立在远处的屋子显得十分矮小，像个薄薄的袖珍空壳。

穿过一座桥后来到了联安镇。坊间流传着这样一句话：“联安熟，海丰足。”足可见这个镇的重要性。总面积有 50 平方公里的联安镇，共有 4 万多人，3 万亩耕地，1.5 万亩鱼塘，不仅是海丰县的革命老区，还是中国重要的湿地之一，也是中国的水鸟之乡。镇里不仅村道纵横，河道密布，且田野广袤，正所谓“背靠八仙状元山，面向长沙银海滩，中间一片肥沃土，地种海耕安居处”。事实上，这并不是你第一次来到联安镇。此前，你已来过三四次。然而，这个镇非常奇怪，每一次都会让你有新的发现。于是，你意识到那种蜻蜓点水的采访，其实收获是甚微的。当一位作家试图描述一个地方时，只去一次是不够的，如果条件允许，应该在不同时间段里反复去那里，才能体会到那里发生的变化。

联安镇没有高楼，一切都像鸡蛋饼般平摊在阳光下，等待着你的检阅。窄窄的街道两边，是一栋栋三四层的小楼，看起来每一栋都是另一栋的复制品。这个镇看起来既不像城市又不像乡村，而有种半城市化的感觉。这里也有十字路口，但相当狭窄、袖珍；这里也行驶着各类车辆，但大多数人都步行着。你曾在位于镇中心的一家大排档吃过饭——木质圆桌旁摆着红色塑料凳，食客们三三两两绕桌而坐——看起来和别处的小餐厅并无二般。然而，你却记住了在这里品尝到的味道："好像此前吃过的东西都是赝品！"无论是大铁锅里的煎鱼，还是有着双层膜的螃蟹，或淡粉色的大虾，味道都极为鲜美，是你记忆中味道的100倍。那种浓烈的芬芳让口腔里像开了花，令你通体舒坦。

探究小店美味的来源，你才知道联安镇不仅是海丰最为重要的粮仓、蔬菜生产基地，还是海产品基地。这里出品的膏蟹、乌羽蟹、双膜蟹、沙虾、白刺虾、花虾、牡蛎等，都是水产市场上的抢手货。那个大排档里的食材自然非常新鲜，且以乡间手工做法烹饪，当然比城市大酒店里流水线烹饪出的食物更有滋味。

离开镇中心后，车向坡平村驶去。柏油马路在热浪的侵袭下，变得黑乎乎、油腻腻。道路两侧出现了灌木丛和蜿蜒的河流；河流旁是大片大片的田野，残留着棕色的稻谷茬；白色塑料的大棚整整齐齐，一个挨着一个；山脉宛如强健的肌肉，虬结蜿蜒，直至远方；山脚下燃起烧荒的白烟，丝丝缕缕，与雾霭融为一体；白墙黑瓦的农舍，稀疏地凝立在河岸边。这些景象组合在一起，像一曲交响乐，高低起伏，婉转优美。你所目睹的河流，是发源于粤东第一峰莲花山脉的大液河。这条河的颜色不是厚重而凝滞的黄色，而是轻快且爽朗的冰蓝色。当大液河蜿蜒至联安镇时，不仅形成了一条曲线优美的缎带，还让缎带两岸形成了具有原始风格的美景。

海丰县联安镇的坡平村是个有着红色历史传统的小村落。

河岸两侧的河滩上，丛生着黄绿色的茅草，让这里形成了一片天然而难得的湿地。那些在河岸边觅食、嬉戏和繁殖的水禽，便视湿地为它们的家。最终，这里成为国际东亚候鸟迁徙路线的重要区域，不仅引来许多濒危保护的鸟类——黑脸琵鹭、白琵鹭、紫水鸡过冬，还让白鹭成为这里的常住居民。现在，你目光所及的鸟儿有几百只，伫立在河畔，一个挨一个，像穿着白色军装的士兵般密密麻麻。当它们起飞时，翅膀的扇动完全处于同一个频率，而其如积雪般的腹部和背部则完全袒出。显然，它们早已适应了人类的汽车，因为除了沿着河岸低低浅飞，它们并不惊慌，也不打算离开。这片湿地虽然是附近村民的劳动场所，但是，海丰人向来都把水鸟看成吉祥物，在日常的养殖活动中，从来不排斥水鸟来觅食，故而，在这里会形成人类在忙碌地劳作，而水鸟则聚集觅食的和谐景致。

然而，美丽的环境和富裕的生活并不成正比。位于大液河畔的坡平村，是广东省的省定贫困村。现在，这个村由深圳市龙岗区南湾街道办事处、龙岗区委政策研究室和汕尾市农业局（2019 年 6 月后是汕尾市委党校）结对帮扶。坡平村的扶贫队队长兼第一书记周建华正在村委等着你——身量适中，浓眉大眼，理着短短的小平头，皮肤黧黑，嘴角微笑。据他介绍——村里区域土地面积约 2.8 平方公里，耕地面积 2800 亩，鱼塘面积 265 亩，山林面积 850 亩。

坡平村建立起 80 多亩南美对虾养殖基地，为贫困户每年带来不少分红。

当周建华带着你在小村行走时，你惊讶地发现，村里非但没有一点萧条、破败的模样，反而保持着一种朴素与端庄的洁净——村民们都穿戴整齐，农舍前的空地都扫得干干净净，所有的村道都显得平坦畅通，目光所及的田地都收拾得十分利落——这让你颇感欣慰。你想起那些在工业城镇里所见到的烟囱、鼓风炉、煤炭厂和矿渣堆，感觉所谓的“文明”或“进步”，有时会将人反噬进自己的肚囊中。然而，如何能既保持乡村世界的亮丽与纯净，又能让身处其中的农民拥有高质量的生活，是摆在乡村发展面前的一个难题。在 2016 年时，在这个 733 户的小村里，有 78 户贫困户共 187 人。到 2019 年年底， 187 人已全部脱贫，完成了“两不愁、三保障”的目标。然而，这些成绩是如何取得的？

周建华书记介绍，驻村工作队来到坡平村，了解到村民的主要经济来源以农业种植和外出务工为主后，及时向帮扶单位深圳市龙岗区南湾街道办事处、龙岗区委政策研究室、汕尾市农业局报告情况。上述单位认真研究、精准施策，通过抓住“产业扶贫”这个牛鼻子，结合坡平村的革命历史，制定了以突出现代农业和特色旅游这两个发展主线，力争将“输血式帮扶”改变为“造血式脱贫”。帮扶单位先投资200万元入股海龙投资大厦的项目，让村集体每年能保底收入10万元；又将265亩鱼塘出租，一年便有58万元的收入。在村合作社的带动下，建设起160多亩的线椒种植基地、80多亩的南美对虾养殖基地。

水稻是坡平村农民种植面积最广的农作物。然而，每当春耕季节到来时，有些农民便会感觉手头发紧，没有余钱来购买种子和化肥。当你和农户交流后才发现，原来农民想存住钱是件很困难的事——家里总有人会生病，总有人需要买衣服，总要招待亲朋好友。农民们总是生活在巨大的压力之下，而在这种压力的胁迫下，他们经常会冲动消费；再加上小村临海，经常会受到台风等自然灾害的影响，农作物收成很不稳定。综上原因，工作队不仅向贫困户免费发放袁隆平优质水稻种子，还发放化肥，以及帮助他们购买保险等，鼓励贫困户大力种植优质水稻，以提高家庭收入。果然，在扶贫干部的帮助下，村民们大大提振了种植水稻的信心，使得村里水稻面积扩大至1000多亩。

坡平村虽然和其他贫困村一样，有着农民收入偏低的问题，但是，这个村拥有一段不平凡的历史。如何在抓好农业生产这个最基本的问题后，让扶贫工作有创新性，是摆在工作队面前的另一个问题。周建华带领工作队员，仔细研究村里的革命历史。原来，这个村有着丰富的红色资源——村里被国家民政部评为烈士的有35人，其中亚前彭村就有22人。这个结果和彭湃当年搞农民运动密不可分。原来，在1922年时，彭湃曾来到坡平村宣传革命，得到了村里的彭桂、彭元漳、彭元岳等人的全力支持。在彭湃的领导下，他们在村里办起了“农民学校”，以教村民识字为掩护宣传革命思想。到1923年春天，坡平村已成立了农会，建立起了农军，设立了支部，成为周围十八乡率先起来闹革命的“赤卫村”。然而在大革命期间（1924年至1927年），坡平村遭到国民党反动势力10多次疯狂围剿，100多名赤卫队员和一批革命群众惨遭杀害。有个村小组共有170多人，被杀害的就有81人，15户被灭门。彭桂一家9人参加革命，8人在残酷的斗争中献出了生命。

坡平村的农会馆已修饰一新，院落朴素、整洁。

周建华和他的队友们还深入贫困户家中，向他们打听当年彭湃闹革命的事情。每户人家都会说起“彭湃赠送 12 匹白马”的故事——在 1927 年，当海丰县成立了全中国第一个县级苏维埃政权后，很多村庄都举行了庆祝活动，坡平村也用请戏班演大戏来庆祝。那一天，在县城的红场上，彭湃将缴获敌人的 12 匹白马赠送给坡平村的农军，以示祝贺。当彭桂及农军将这些白马骑回村里时，所有的村民都出门迎接。只见他们雄赳赳地骑在白马上，在村子里绕圈疾驰，扬起阵阵尘埃。农军们还在戏台前进行了钻火圈的表演，令村民们欢呼雀跃。时至今日，人们说起那一天的盛况，还双眼发亮，情绪激昂。

彭湃于 20 世纪 20 年代到村里搞革命的场景，
被大幅绘制在墙上，衬托村庄别样的底蕴。

在海丰县 203 个行政村中，坡平村的历史是红彤彤的。怎样才能用好这笔历史遗产呢？原来，海丰县已投入 1015 万元，用于全县所有行政村的建设规划。县里决定在联安镇、莲花山、大湖湿地、黄羌林场、南粤古驿道等周边农村大力发展“农业观光”“民俗农庄”“休闲运动”等乡村旅游产业，以激发乡村新活力。县里将联安镇的坡平村、附城镇的新山村、黄羌林场的富足园村等红色村庄进行升级打造，最终建成特色村。目前，全县有省级文化和特色村 1 个，省级乡村旅游精品路线 1 条，省级休闲与乡村旅游示范点 5 个。由海丰县扶贫办整合全县有劳动能力贫困户的扶贫资金，投入红色旅游扶贫项目，按年收益 7% 分给贫困户。目前，坡平村 36 户有劳动能力的贫困户，每年每户的分红可达 1400 元。

昔日的坡平村杂草丛生、满目疮痍，如今，村里已修复和重建了广场、革命英烈纪念馆、烈士故居等旧址，令整个村庄干净而整洁，宁静而优美。当你来到亚前彭村小组时，这里已成为一个爱国主义教育基地和党员廉政教育基地。你看到彭湃于 20 世纪 20 年代到村里搞革命的场景，已变成墙壁上的巨型画面；而彭桂、彭元漳等烈士的故居皆粉刷一新，整齐干净；以前那个屋顶破旧、墙壁斑驳的农会旧址，现在变成了展览馆，拥有簇新的青色墙面和红色的大门，馆内的布置相当现代化。周建华颇为自豪地说：“联安镇的坡平村委、附城镇的新山村委、梅陇镇的永红村委等，被汕尾市推荐为市村庄规划优秀案例，在广东省进行宣传推广。”

黄小雄家的屋子面积虽然不大，但拾掇得相当整洁——铺了瓷砖的地面扫得很干净，各种用品摆放得整整齐齐，就连灶台上的锅碗都擦拭得晶莹发亮，而卫生间里也铺了瓷砖，很是顺眼。显然，这个家一定有个勤快的女主人。果然，妻子叶少华看着就是个利索人——一头齐耳短发的她，虽然已有 56 岁，但皮肤白皙，眉清目秀，模样甚为端庄秀美。她穿着件褐色毛衣，怀里抱着个小女孩，穿了件粉红色的上衣。“这是 1 岁多的小孙女！”奶奶看着那花骨朵般的女孩时，满眼都是慈爱和怜惜。59 岁的黄小雄站在一旁微笑着，一头黑色短发里已掺杂了些许银丝。然而，他却显得相当英武——除了浓眉细眼、高鼻阔嘴外，他的骨架相当高大，约有 1.8 米。只见他肩膀宽阔，腰肢细长，双腿健硕，浑身无丁点赘肉。

这个男主人穿着一件黑白相间的长袖 T 恤，微笑时神态严肃、谦恭，丝毫不失尊严。一切都显得那么美好，然而，你总觉得哪里不对劲。当你再次凝视这位已是爷爷的男人时，你恍然大悟——原来，他的肤色黝黑至极。在广东定居劳作 10 年有余，你早已习惯了本地人所特有的那种黧黑肤色。由于长时间暴露在热带阳光下，生活在岭南的人要比生活在西北的人接收到更多的日照，所以皮肤便会显得更黑。然而，当你目睹到黄小雄的肤色时，还是暗中倒抽一口凉气。那种黑可谓焦黑——无论是面孔、脖颈或双手——全都像被放在炭火上烧烤过。然而，那种焦黑的浓度，又没有达到非洲人的颜色，而只是比日常所见的人更黑一些。在这种焦黑肤色的衬托下，这个男人的牙齿从整个面部跳脱出来，显得特别洁白。当他张口说话时，你再次倒抽口凉气——居然是极为流利的普通话！改革开放 40 多年，让生活在广东的中青年人大多可熟练使用普通话，但那些年近六旬的老人家们，一般都会把普通话说得磕磕巴巴。若能熟练掌握，定是在外面闯荡过，而不是将生活半径仅仅局限在村子里。于是，你对眼前这个男人充满了好奇。

作为一家之主，他谈起了自己的孩子们——大女儿已 32 岁，嫁到广西，育有 3 个孩子；小女儿 30 岁，嫁到陆丰，育有 2 个孩子，小女儿除了照顾孩子外，还在家里做些首饰；小儿子 23 岁，在梅陇镇的首饰厂打散工，收入很不稳定——有活的时候收入多，没活的时候便没进项。平均下来，一个月也就 3000 元的收入。除去 800 元的房租费和一些日常生活的费用后，几乎存不下什么钱。这次着实碰巧，远在广西的大女儿黄树颖回了娘家。当她从里屋走出来时，你的眼前一亮——这个女子的脑后梳着条粗黑的马尾辫，上身穿白 T 恤，下身是黑裤子，皮肤和母亲一样白净细嫩，眉眼相当标致。她热情地招呼你喝茶，周身都洋溢着青春的活力。你不禁纳闷——这样一家人，看着如此整齐而体面，待人又如此和气而周到，何以会让生活陷入困顿？

原来，导致这个家陷入贫困境地的，是一场突如其来的大病。那是 2013 年，当黄小雄发现脖子上的淋巴变得肿大时，便赶忙到医院检查。万万没想到，他居然被确诊为鼻咽癌！这消息如炸弹，让全家人都感觉手脚麻木。怎么办？唉！先不要想太多，赶紧住院吧！在医院里度过的那两个月，让黄小雄经历了双重煎熬——他的身体和精神都极为痛苦。在做了各种检查之后，他准备接受一次大手术。虽然历经了各种各样的疼痛，可他都没有落下一滴泪，然而，看到那十几万元的医药费清单时，他的眼泪忍不住淌下来。虽然这些费用报销了不少，但家里也花费了很多，而且，他躺在医院里，也让家里丧失了一个劳动力。出院后，他的身体大不如前，不仅干不了太重的活计，还要定期去医院复查，每查一次便要花费1万多元！

俗话说，祸不单行。就在丈夫出院刚刚两年时，妻子又检查出糖尿病。之后，她因为脑血栓而引发了中风，致使嘴歪腿软，根本无法下地走动。经过一年多的治疗，耗费了1万多元的医药费，最终才勉强好起来。夫妻双双遭受病痛折磨，而女儿们又都远嫁别处，儿子只有一份勉强维持生活的散工，于是，这个家便像一座屋顶有洞的房子，显得摇摇欲坠。2015年，当扶贫工作队进村审核时，他家便被核定为贫困户。

黄小雄陷入回忆——早在20世纪80年代实行家庭联产承包责任制时，村里给他家分了七八亩地。那时，大家都种水稻和西兰花，他家也不例外。然而，水稻卖不了什么好价钱，而西兰花则要看市场行情。全家人在地里从年头忙到年尾，算了算账，才有几千元收入，除了勉强果腹别无盈余。如此忙碌却还是如此清贫，令一家之长陷入忧思。2010年，黄小雄做出了一个决定——将地让给亲戚种，举家搬到梅隆镇，靠做生意挣钱。他这样一个农民，前半生积攒的都是种地经验，并没有其他过硬的技术，手头也没有很多本钱，能做什么生意呢？他决定从最基本的小生意入手——卖鱼。

每日凌晨 4 点起床，这男人便急匆匆出门，赶往鲘门镇的码头。他要在这里等第一批从海上归来的渔船靠岸，在以批发价购买到足够多的鱼类后，他再包车拉到梅隆镇市场出售。唉，他赚的都是些辛苦钱——一斤 22 元的鱼，在市场上卖 25 元。做生意有风险，总是时好时坏——有时，他踩对了点子，批来的鱼很受顾客欢迎，很快便销售一空；可有时，他的运气总是很背，剩下一堆鱼却卖不掉。全家人就这样忙碌着，一个月能挣上 5000 多元就算相当不错。虽然忙碌而辛苦，但比种地要强。听到这个男人谈及往事时，你的面孔微微发烫——你曾被这里出产的鱼、虾、蟹所打动，念念不忘那种神奇的滋味，以至感慨自己曾经吃过的海鲜都是赝品，然而，你对卖鱼人的艰辛生活却毫不知情。

2015 年，黄小雄又做出了另一个决定——重返坡平村，重新开始种地。在他做完鼻咽癌手术后还要不断化疗，对身体损耗极大，故而医生叮嘱他要好好休养；妻子在中风后身体逐渐恢复了，更需要一个安稳而祥和的环境疗养。黄小雄重回老家侍弄起土地，过起了“日出而作日落而息”的乡村生活。对于这个决定，他从来都没有后悔过。当他家被核定为贫困户后，村里的扶贫干部便针对他家的情况进行帮扶——先是免费发放袁隆平研发的水稻良性种子；又免费发放化肥等农资用品；通过虾养殖项目，每年可有 1.5 万元分红（包括 2018 年、2019 年）；入股县里的“红色旅游”后，每年有 1400 元分红。除了这些帮扶之外，最令黄小雄感慨的是“以奖代补”政策——为鼓励贫困户通过种地或打工致富，政府决定，贫困户每种 1 亩地可补 1000 元。这个政策让老黄家在 2017 年领到补助 6000 元，2018 年为 7500 元，2019 年为 3850 元。

事实上，贫困户和他们所做营生的矛盾之处在于——虽然他们精力充沛，拥有丰富的资源，而且做着白手起家的努力，但他们的大部分精力都花在了和周围很多其他人同样的事情上，这就让他们很难赚到更多的钱，由此，也便失去了过上富裕生活的机会。当扶贫干部发现坡平村的土壤和水质很适合种植番石榴时，便鼓励黄小雄干起来。可他却显得有些犹豫："树不挂果怎么办？""我们找专家来解决啊！""销售不出去怎么办？""我们来帮你联系啊！"于是，从 2017 年开始，老黄便在地里忙活了起来——当他将一根根树苗栽种到大田里时，满怀着希望。在顺利地度过了 2018 年后，这片番石榴树在 2019 年年底时挂满了果实。按这个情况预算，番石榴的收入应在 2 万元左右。

听说你想去地里看看时，黄树颖爽朗地答应道："没问题！"于是，你坐在她的摩托车上出发，而后面跟着骑摩托车的周建华书记。你们一路颠簸，在穿过了几条乡村小路后，又拐上了一条大路，之后，来到了一片田野。当摩托车试图穿过鱼塘中的那条碎石小路时，因为颠簸得实在厉害，你赶忙跳下来推着车往前走。穿过碎石小路后，是一片开阔的田野，正午的阳光将琥珀色涂抹在一丛丛绿树上——啊！这就是黄小雄精心种植的番石榴树！这盛景令你不禁感慨——有时，贫穷并不仅仅意味着缺钱，它还会使人丧失挖掘自身潜力的能力。

现在，长在地埂两侧的番石榴树，每一棵都有 1 米多高，叶片硕大，果实青绿。穿行在地埂间，你像来到了某个郊区的小公园——林地里打理得十分干净，没有任何多余的杂草，而且树与树的间隔都是等距离的。你感慨自己多么幸运——居然看到了正在开花的番石榴！在你的视线中，那团白色花瓣有 5 片，正紧紧地相互挤挨着，中间簇拥的花蕊，像是一团正在绽放的乳白色烟花。在那个温柔的核心地带，集中了世界上一切的甜美。你发现虽然枝头挂满了果实，但那一个个拳头大小的东西，并不是青绿色的，而是白色的。原来，果农为了保护果实不受伤害，怀着极大的耐心，在所有果实的外面都裹上一层白色的塑料袋。果农在干这件事时需要十二万分的小心——既要让袋子将果实全部包住，又不能在操作过程中伤害到侧旁的果实。

放眼望去，你的心里微微一抖——这个工程真不算小！那上万颗的果实，都被套上了袋子，这便意味着套袋子这个动作，被黄小雄重复了 1 万次以上。你恍然大悟——何以他的肤色会那么黝黑！因他长时间暴露在田野，为这些树上的果实套袋子，所以他的整个面孔、脖颈和胳膊，都被阳光反复地炙烤过。你不禁心疼起来——这个男人在这块地里留下了多少汗滴？要知道，他不仅是一个接近六旬的老人，还是一个要做化疗的病人！若在城里，他是个马上要过退休生活的人，而在这里，他还拿自己当主要劳动力呢！

你想起刚才在老黄的屋子里，他对你说起的心里话。自 2013

年得病后，他便一直陷入焦虑之中，觉得这个家可能撑不起来了；后来妻子中了风，更让他感觉雪上加霜，心灰意懒。2015 年，他决定重返村子时，只是想着边种地边休养身子。他根本想不到好日子居然都排在后头。2017 年对老黄来说是个特别的好年头——他不仅开始种植番石榴，还申请到了 5000 元的医疗救助。他还盖起了栋新房子——虽然自己花费了 9 万元，但通过国家的危房补助政策，又拿到了 4 万元的补助。而之后，通过“以奖代补”政策获得补助和年底分红，都是他始料未及的事情。他觉得一切都像是在做梦，但又清晰地发生在眼前！黄小雄的眼神亮晶晶的——他是个见过世面的男人，也是个勤劳肯干的男人，更是个懂得生活真谛的男人！现在，这平凡而普通的一家人，维持着一种简朴而自尊的生活。虽然他们的手头上没有太多余钱，但一家人生活在一起，心里却是笃定而踏实的。

离开番石榴种植基地，从那条颠簸的石子路穿过时，你驻足在水塘旁。周建华书记介绍说：“这可不是岭南惯常所见的鱼塘，而是扶贫干部们争取到的对虾养殖基地！”你一听，两眼放光——就是这些鱼塘，为村里有劳动力的贫困户带来每年 1.5 万元的分红？周建华连忙点头。看起来，这个坑洼之地的模样极为普通，现在，正午的阳光让灰色水面变成一块块镜子。当你试图从表面朝下看时，根本看不到内里的情形——那是一汪姜黄色的浊水，完全看不到鱼虾在游动，或水草在摇摆。唯一让这片水域显得与众不同的是，在平稳的水面上，浮凸着一台增氧机。现在，正是从那台机器里辐射出的现代化气息，才让这片水域显得极为特别。当你站在水塘边时，感觉呼吸有些黏滞，好像空气停止了流动，身体处于一个密闭的空间里。你真不敢相信这里的气温——现在已是12月底，可岭南的正午依旧炽烈。你想象着那些村民在鱼塘里劳作时，应该满头大汗吧？而他们的皮肤，也应该被晒得像黄小雄一样黝黑发亮吧？

当63岁的黄子华开口说话时，语调非常缓慢——比一般人放慢了语速后的速度还要慢——好像是一位祖父在对婴儿说话那般。听着那慢条斯理的话语时，你非但没有感受到舒服，反而觉得身子越来越凉，像撞在了一块冰山上。刚刚，你从正午的番石榴地里走过，在燠热的水塘旁驻足，而此刻，你却像走进了一间冷藏室。现在，你面前的这个男人梳着三七开的小分头，穿着件灰黑相间的夹克衫和蓝裤子，显得矍铄而清瘦。除了门牙有些脱落外，他的面部看起来没什么毛病，然而，他的那双眼睛却什么都看不见！你发现他的黑发里已有了白丝，面孔上也有细微的皱纹。而这些细微之处，他自己是无从得知的。你凝视他的时候，心尖上有种疼痛与酸楚混合在一起的感觉。你感慨——原来，穷人的生活充满了风险！虽然，他们也会像预备过冬的鸟儿般，用嘴叼来一根根茅草做窝，以防寒冷的侵袭。但是，他们却无法预测一场暴风雪的强度和力度。

当你听他说起他的事情时，像是在看一部恐怖片，整个人都被惊悚情节所慑住！2002年时，当黄子华骑着的摩托车着火后，他简直处于束手无策的状态——那迎面而来的风将火苗吹到了他的身上，令他整个胸膛全都燃烧起来。大火将他的头发和眉毛全部烧掉，又将他的双手烧得变形，还将他的前胸烧得坑坑洼洼，像月球的表面。唉，屋漏偏逢连夜雨！到2007年时，他发现自己的眼睛开始一点点萎缩。在反复的挣扎后，双眼彻底失明。现在，留存他瞳孔中的人间影像，像一只高空中的风筝，早已遁形在远处的迷雾中。你恍然大悟——正是因为失明，才让他有了那种虽然慢条斯理，但又和一般人的慢完全不同的语速。原来，在这种“慢”里，裹挟着因看不见而生出的各种犹豫。现在，他完全靠着听力来判断外部世界——现在，他不知道你长得是什么模样，也不知道你采访的目的是什么，更不知道自己以何种态度来迎接你。故而，虽然他站在屋里对你说“请坐请坐”，但其实，他像一台发电机，一直在“嗡嗡嗡”地旋转，满怀疑问。

你不禁思忖起来——也许有时候，一场国际金融风暴对偏远地区的农民影响甚微，但一场意外的交通事故，或一场疾病，却会对他们造成严重的打击。有研究者发现，即使是在正常的年份，农业收入每年都会发生很大的变化。在孟加拉国的任何一个正常年头，农业工资可以高出或低于其平均工资水平的18%；而印度的农业工资的变化幅度是美国的21倍——因为美国农民都有保险，即便是收成不好的年头，他们也可通过获得补贴而不致让生活水准大幅度下降。对于穷人来说，风险不仅仅限于收入或食品，还包括健康。然而，在中国那些偏僻的山村里，为自己的健康进行保险的人寥若晨星，故而一旦发生了危机事件，对这个家庭来说便是灭顶之灾。

也许人们会这样想——黄子华是不是太倒霉了？骑在摩托车上遭遇火灾的概率并不高，怎么偏偏被他碰到了？这一偶发事件造成了灾难性的后果——他不仅浑身被烧伤，在医院治疗耗费一笔开支，还大大折损了身体的元气，再也无法胜任重体力劳动。丧失劳动力对普通农户来说，是非常重的打击。然而，令他万万没想到的是，这一次的灾难还未终结。几年后，他被视力下降的痛苦所折磨，最终，眼前一片暗黑。作为男人，作为家里的顶梁柱，他不仅丧失了劳动能力，而且陷入了需要他人照顾的困境。连续的厄运就这样降临在这个家，像蜘蛛编网般，将全家人编入困境。

和别的人家相比，这个家显得有些凌乱——客厅的面积不大，地上铺着瓷砖，但有灰尘；窄长的茶几上摆着茶壶和茶杯，烟灰缸里有残渣；柜子上有台小电视，冰箱上则放着照明灯；一叠鼓鼓囊囊的袋子倚墙堆着，红木沙发上是米袋和面袋。然而，当你进入卫生间后，却发现地面镶嵌着瓷砖，安装着淋浴器和抽水马桶，显得相当整洁。周建华书记介绍——这是海丰县“小厕所、大革命”的成果。原来，为了有力地改变群众的生活条件和生活习惯，海丰县进行了一场“厕所革命”。具体的措施是，对于那些建档立卡的贫困户，政府对其家中的厕所全资给予建设；而对其他农户则采用奖补方式进行补贴，每户补助金额达2700元以上；同时，县里还完成了无害化卫生户厕改造2147个，无害化卫生户厕普及率达100%；完成了卫生公厕建设624个，完成农村公厕新建和改造任务数的100%。

看着黄子华的模样，你不禁替这个家担忧起来——当男主人身强力壮时，可维持一家人的生计，但在接二连三的灾难降临后，这个家赚的钱会越来越少。这个家会坠入“贫穷陷阱”，继而踏上永久的贫穷之路吗？有研究表明：在印度尼西亚，如果一个家庭成员得了重病，那么这个家庭的消费水平就会下降 20%。现在，黄子华一家就像失足掉入一个暗黑的坑道，虽挣扎着往前走，却不知何时才能看到光明。这种情况往往会带来很多心理问题——面对灾难，人们会感觉失去希望，没有出路，而这又大大降低了他们渡过难关所需要的自控力。在重创之下，人们似乎不具备振作起来、从头再来的心理素质。最终，他们会产生抑郁情绪，像花朵失去水分般逐渐枯萎。

所幸，你看到的是另一个结果——这家人并没有被灾难打垮，反而在努力迎接挑战中获得了新生。现在，这个家的主要劳动力已变成了妻子和儿子。当他们忙完地里的活计后，会利用闲暇时间到镇里去打零工，以补贴家用。到了年底，通过“以奖代补”的政策，他们会领到 7000 多元的补助；同时，他们还可享受村里对贫困户的福利——春天耕种时可领到免费的稻谷种子和化肥；年底时有各类分红（南美对虾项目可分到 1.5 万元，红色旅游项目可分到 1400 元）；同时，黄子华有残疾补助和低保，每月能领到 1000 元补助。这样一算，这个家不仅可维持日常生活，年底还有 2 万多元进账，加上妻子和儿子的打工收入，日子不再显得紧巴巴。

黄子华感慨道："每年中秋和春节，工作队都会送来 1000 多元的慰问金，还有大米、清油和棉被啊！"在他慢条斯理的讲述中，没有慌张，没有抱怨，也没有戾气，反而有一种异样的平静和笃定。事实上，也许给予贫困户一些希望、保障和安慰，便可以成为强大的刺激措施，让他们重新拾起自信；事实上，建立城乡居民最低生活保障，相当于建立了一种社会安全网络。如果人们的收入下降到一个特定范围，他们便可得到一个最低收入支持。给穷人勾画出一个未来，这样，他们就可以减少压力，无须担心没钱活不下去；这样，他们就会争取各种机会去努力工作，不再浑浑噩噩地混日子。

坡平村村民黄子华没有被疾病和灾难打倒，他争取各种机会努力工作，最终脱了贫。

白山村

就像每种不同的花在不同的季节开放一样，城镇的中心区域都带着这个地方成长的年代痕迹，彰显着它曾发展的最高程度以及衰败的过程。现在，你所到达的公平镇可谓大名鼎鼎——“千年公平古墟，粤东山区第一墟”。这个位于海丰县东北部的城镇，曾是交通要道和贸易中心。早在唐朝，这里就成为山海货物集散、商贾云集之地。这里的墟市以交易公道著称，故而得名“公平”。在那个时候，镇里已形成每种商品均到其划定名称的街市进行交易的传统——譬如茶街、鱼街、布街、糖街、牛市、猪市、青果行、山货行等。商业的繁荣让这个镇自古便兴文重教，民风淳朴，民俗文化丰富多彩。已故民俗学泰斗钟敬文先生，就出生在这里。你曾在县城的超市里购买过赫赫有名的“公平牛肉脯”——吃起来唇齿留香，韧劲十足，很有嚼头。这种牛肉脯的制法是祖传的：选用鲜牛肉，加上天然香料和白糖、大蒜、胡椒、汾酒等制作而成。

你一直忘不了那条道路——从县城通往公平镇的那条柏油路——它像是一条绿色的隧道。岭南的阳光强烈，令道路旁的次生灌木林闪烁着深绿与焦黄夹杂的色调。这种黏稠的色调更像是某种矿物的色调，而非植物的色调。也许，热带不是一个以味道为基础打造出来的世界，而是一个以颜色为基础铸造起来的世界。在这个炽烈的地方，各种绚丽的颜色充满魅惑之力，令人类的瞳孔张大到极致都看不完、看不透、看不全。是的！你总是禁不住感慨——自然在热带的岭南并没有被完全征服，反而彰显着独属于它的尊严。现在，你所目睹的这条道路像是被施了魔法，搁浅在时间的河床中——没有水泥房，没有广告牌，没有霓虹灯——完全属于异次元空间。

进入镇区，喧嚣扑面而来。街道两边的建筑物因岁月而显得黯淡，墙体上还吊挂着雨痕。然而，当一排排巨幅服装广告和一座座厂房与洋楼交替出现后，你在热浪滚滚中体会到了久违的熟稔——在东莞的各个镇区，充斥着这种工业化的味道。显然，公平镇此刻的模样，是由悠久的历史和当下的经济联合塑造而成的。现在，在这个区域面积 100 多平方公里的小镇上，拥有 100 多家各类服装企业，还有与服装配套的辅料如拉链、制线、包装等企业 20 多家，算得上粤东地区最大的服装专业镇。这里的服装以广州为营销中心，销往全国各地，还通过边贸销售到俄罗斯、东南亚、中东等地，外单产品占比很大。然而，公平镇的服装产业因各种原因，没能像东莞市的虎门镇那样，成为全世界瞩目的“服装之都”。

就像你数次到达联安镇一样，这个镇，你也来过几次。为拜访周凤的故居，你曾到这个镇。作为彭湃的母亲，周凤的一生充满传奇色彩。她出生在公平镇下辖小村的普通农家，从小就深谙穷人之艰辛，所以当她生下彭湃后，总是教育儿子不要看不起农民，在孩子幼小的心田上播种下一颗善良的种子。周凤故居已无人居住，仅存一栋外墙发黑的平房。推开大门，内里是个窄小的庭院，在正屋的两侧，缀着2间耳房。3间屋子内都空空荡荡，只有正屋的墙上挂着周凤的画像——那个穿着黑棉袄的老奶奶，正慈祥地微笑着。那间屋子并没有展示出你预期的戏剧性——当主人离开后，它只是一个空壳。屋子周围环绕着竹林和榕树，十分安静。从远处传来几声狗吠，显得格外响亮。这是岭南最普通的一个小村。谁能想到，从这里嫁出去的那个女子，会养育出那样的一个儿子；而那个儿子，曾以一把烈火烧掉田契，以惊世骇俗的姿态被写入人类发展史。

穿过镇中心，你来到白山村。一股清新怡人的气息扑面而来——四周铺展着大片大片的田野，彰显着浓烈的黄绿色。由于地处偏远，交通不便，生产方式迥异，因此乡村世界构筑起了一个完整而封闭的农业族群。村里人的生活与城里人完全不同——他们一直保留着一种古老的传统，维持着一种神秘的平衡。白山村扶贫队长、第一书记陈路波介绍：白山村有近3000人，共489户，而其中，因先天残疾、后天患病等各类原因，有88户被核定为贫困户，共313人。在这里的扶贫工作队队员，来自深圳市龙岗区坪地街道办事处、龙岗区安监局。当扶贫干部来到村里后，先是走进贫困户的家中，和他们促膝谈心，摸清他们致贫的原因，再进行精准扶贫、结对帮扶。扶贫干部将所有无劳动能力的贫困户纳入社会保障，全部实现政策性保障兜底脱贫；而对那些有劳动能力的贫困户，则激发起他们的内在动力，鼓励他们发挥革命老区艰苦奋斗的精神，通过种地、打工或其他方式努力脱贫，不能万事都倚靠政府。

陈路波书记介绍说，在工作队到来之前，白山村的很多村民都是用瓦缸盛水的，而现在，每一户村民的家里都通上了自来水。你才了解，原来不仅在白山村，甚至整个海丰县城，自然村集中供水覆盖率已达到 99.66%，其中，37 个省定贫困村内 20 户以上的所有自然村 18 个已实现集中供水覆盖；同时，县里对卫生站的建设也十分重视。海丰县除了 7 个空壳村无须建设卫生站外，其余 196 个村的卫生站中，完成建设并投入使用的有 73 间，全面完成建设的有 114 间，完成主体建设的有 9 间。

事实上，能喝到纯净的水和能及时就医，对村民是非常重要的。根据 2008 年世界卫生组织和联合国儿童基金会的数据，约 13% 的世界人口缺乏改进的水源（通常指自来水和水井），而约 1/4 的人口没有可用的安全饮用水，其中有很多都是穷人。专家们一致认为，家用自来水和卫生设施会给健康带来很大影响，它可以让婴儿的死亡率大大降低，且能使同期死亡率总体减少近一半。改善水资源是一个日常的问题，也是启动了长期社会变革的一次机会——当人们可以健康地生活时，便会大大减少坠入“疾病陷阱”的可能性，就此而启动一种良性循环。

村里有条名叫“大浦洋”的村道，原本是条坑坑洼洼的泥土路，而现在，已被修整成一条平坦的水泥路。陈路波书记说，经过村道硬底化建设工程后，村民们再也不用担心下雨时会弄脏鞋袜。现在，你看到了白山村公共服务中心——精准扶贫基建项目——那是一栋姜黄色的 3 层小楼，有着棕红色屋顶。这栋楼房也已成为村里的标志性建筑。站在服务中心门前，只见一条条柏油路辐射开来，向着村子的各处延伸而去。以前，村里的夜晚是漆黑漆黑的，而现在，当一排排路灯竖立起来后，整个夜晚都变得亮堂起来。当路灯照耀着服务中心对面的篮球场时，那个空间显得格外阔气——湖蓝色的地面配上紫色的篮球架，衬托出白色篮板的秀美。白天时，来这里打球的年轻人很多；而在篮球场旁的那些运动器械上，总能看到老人家们在忙着扭动腰肢。以前，村民们喜欢在晚饭后打麻将或喝酒，而现在，人们都忙着锻炼身体。

张淑尔的家也是一栋独立的新砖房。站在门口的她，正在向你挥手。虽然你只是个偶尔到访的客人，但她依旧热情四溢。35 岁的她有着一张银盘大脸，眉毛浓黑，睫毛翻翘。除了被口罩遮住的鼻孔、嘴唇和下巴外，她的面部看着十分标致动人。她的体型微胖，在黑色 T 恤外套了件粉红色毛衣开衫，下身穿着条牛仔裤。她的屋子是新建的，所以外墙的瓷砖显得格外簇新。进入屋内，你大吃一惊，像是进入一个英国贵族家庭——纯白色的欧式家具，姜黄色的丝绸窗帘，大彩电和大冰箱，开放式厨房，整洁的卫生间……显然，这个家的主人更青睐西式家私，更强调现代品位，和此前所见的大部分家庭都不一样。她有 3 个孩子，分别是 6 岁、8 岁和 10 岁，在读小学一年级、三年级和四年级。那个摆在鞋柜上的头盔，便是母亲骑摩托车去接孩子上下学时用的。

当年，她从隔壁村嫁到白山村后，和丈夫相亲相爱，日子过得红红火火。丈夫郑建生长年在外地打工，家里的事全靠女主人打理——那 2 亩地虽然每年只能收入 2000 元，可她舍不得荒掉；再加上照顾孩子们的日常生活和学习，她每天都忙得团团转。丈夫会裁剪，原来在镇上的服装厂打工，每月可挣 3000 多元。但是，这几年服装行业整体衰落，他便到广州去打工。虽然工资比原来多了点，但回家的次数越来越少——有时半年回来一次，有时只能春节时回来一次。

谁能想到，一场突如其来的剧变陡然降临到这个家。2015 年，正在炒菜的女主人被泄漏的煤气所伤，不得不住院治疗。大火将她烧得简直面目全非——双手完全变形，手背上布满大小深坑，整个面部全然发焦。在住院的一个多月时间里，她做了面部、手部和大腿的植皮手术。之后，她的手掌因萎缩而变小，表皮发白，指缝间粘连，活动起来很不自由；她的下巴处变得皱巴巴，像火山熔岩的碎片拼贴起来。如果她没有戴口罩，那么她的脸便由鼻梁处开始分界——上半部让人看着欣喜，下半部让人看着惊骇。所以，如果要出门或者见客，她总会把口罩戴上。

那场突如其来的事故让这个家庭耗费了 30 多万元——因为有些进口药不能报销，所以有 7 成的医药费是自己付的。听说她发生的不幸之事，很多朋友通过微信朋友圈为她募捐，令她大为感动。现在，当她说起这些往事时，眉眼间带着微笑，语调相当轻松。她有一双非常迷人的眼睛，闪着宝石般的光，令你不得不聚精会神地聆听下去。当她试图要强调某个地方时，会在那里稍微停顿一下。然而，她却并没有让自己陷入哽咽境地。没有。她很快便从悲伤的叙述中解脱了出来。

得病后，张淑尔不仅被身体的疼痛所侵袭，精神上也遭受了巨大打击——眼瞅着 3 个孩子都要上学，可生活费怎么办？正当她陷入愁苦之地时，一项政策令她欣喜无比——通过对贫困户的助学补助，每个上小学的孩子每年能获得 3000 元生活补助。她掰着指头算了算：有了这一年 9000 元的补助，便能解决孩子们的吃饭、穿衣、买学习用品等问题，实在是雪中送炭。事实上，助学补助可以让家长们摆脱极度贫困的状态，拓宽他们的思想空间，让他们拥有更长远的人生观——教育必须现在就投入。培养下一代，让他们身心健康且受到良好的教育，无论是从短期还是长期看，都非常有助于消除贫穷。童年时期在营养上的少量投入，对孩子的成长会产生很大影响。现在，当这位母亲能为孩子购买牛奶、鸡蛋、肉类及蔬菜时，她便能让孩子在童年时就吸收到充足营养，这样不仅会减少他们患病的概率，而且能使他们拥有健康的体魄。这些孩子长大成年后，能够挣到更多的钱，能够带动这个家庭走出“贫穷陷阱”，防止贫穷的代际传播。一项针对美国南部及几个拉丁美洲国家抗疟活动的研究表明，与患过疟疾的儿童相比，未患过疟疾的儿童长大后每年的收入要多 50%。

除了助学补助外，张淑尔还有残疾补助——每月 300 多元；她家还申请了低保——每月 1000 多元。有了这些补助托底，加上地里的收入和丈夫的打工收入，这个家已经像加了油的发动机，开始轰隆隆地转了起来。这栋新房子是 2018 年盖起来的，花费的 20 多万元中有一半钱是借来的，而国家补助的 4 万元简直是雪中送炭。“老房子是瓦房，总是滴滴答答地漏水，里面又暗又潮。”现在，张淑尔每天骑摩托车接送孩子们去学校。当她的手抓住车把时，总显得颤颤巍巍。可是，她是母亲啊！一咬牙，她浑身都充满了力量，就那样把摩托车开了出去！现在，当她做任何一件事时，都需要付出比一般人多几倍的努力。然而，她却不愿等、靠、要，而愿意努力地去干活。当她拿出手机展示孩子们的照片时，眼神璀璨得像黑丝绒上的宝石。经历了那样一场大劫难，可在她的身上，一点都没有茫然若失、怨恨、诅咒，反而充满了诚挚和热情。现在，她以无比的耐心和耐力，平静地接受着命运给予她的不公。不，她并不想把生活变成号啕的哭墙，而想把它变成旋转的舞台。

白山村村民张淑尔（右一）向作者（右二）讲述她遭遇火灾的经历，在困境面前她没有一点怨恨，反而积极、乐观地生活。

张淑尔家经历火灾后在国家的帮助下建起了一栋漂亮的砖房，她开心地站在大门口拍照留念。

当你来到这栋簇新的砖房门前时，根本不能相信这是贫困户的家。这栋房子敦实地扎在地面上，外墙上嵌着瓷砖，显得簇新至极。48 岁的张炳辉是这栋房子的男主人。这是个身量适中的男子，皮肤黝黑，脸庞秀气，目光沉静。虽然他的前额上已有了些皱纹，且发际线很高，但他看起来还是很年轻，皮肤既没有粗糙、松弛，也没有严重下垂——这应和他长期从事体力劳动有关。若单看他的服饰，你会觉得他和你目光所及的别人没什么差别——黑白相间的 T 恤外是黑夹克衫，下身是黑长裤，然而，他却赤脚穿着双拖鞋。10 年前，你刚到岭南时，看到有人在冬日赤脚穿拖鞋总感觉浑身不自在，而现在，你早已习惯了岭南人的这种装束。

显然，他是个有条有理的人，因为他的家收拾得实在是利落至极——不仅砖房外墙镶嵌着瓷砖，在客厅也铺了地砖，而木质的沙发和茶几擦拭得干干净净，厨房里的锅碗瓢盆，摆放得整整齐齐。在屋外的篱笆里，他还养了四五只鸡，各个毛色艳丽。站在门口朝外看去，侧旁的那栋破旧泥土屋便显得格外扎眼——那房子又矮又黑，简直一触即碎、摇摇欲坠。而那栋房子，就是他曾经的老屋。你知道海丰毗邻南海，经常会遭到超强台风的袭击。若长久地居住在这样的老房中，是非常危险的事情——暴雨狂泻会引发内涝，让堤坝决口；河水会淹没农田，也会冲倒农舍。而热带的暴雨和西北的毛毛雨完全不同——那雨根本不是一条条线垂直落下，而是一堆堆钢珠一股脑泼洒而下。这样的雨不会因为云团的离开而停止，因为这里已凝聚了太多的湿气，需咆哮许久才能释放完。粗暴的台风会将行人吹走，树木吹倒，屋宇吹塌。

张炳辉实在想盖栋新房子，这念头在他脑海里存在了不止一两年，可他总是困于手上现钱太少。2018 年，趁着国家有危房改造的补助，他咬着牙建起了这栋新房。总投资 20 多万元的费用里，除自己的多年积蓄外，他还向亲友们借了点钱，再加上国家补助的 4 万元，最终将这栋簇新屋宇建造起来。对农民而言，盖起一栋房子不仅仅是立起了一栋四方形建筑物，还塑造了一个有形的家——新房子不仅看起来赏心悦目，还是一种自信和实力的表现。现在，这家人住在这栋整洁的房子里，客厅里摆着电视和冰箱，厨房里有自来水，卫生间可淋浴，和城市的楼房并无二般。住进这样的房子后，人们会自觉地保持屋子的整洁，还提升了自信心。有自来水的厨房和可以淋浴的卫生间，让农民的生活更加卫生，减少了疾病发生的可能性。孩子们若在这样的居住环境中长大，便能拥有更好的生活。

张炳辉说起话来，语调沉稳而缓慢。他有 3 个孩子——大女儿已中专毕业，二女儿还在读大学，而小儿子在读中专。现在，他正处于人到中年的尴尬阶段——孩子们都未能独立，而他和老婆的身体又一天天在走下坡路。家里的两大开支如山一般摆在那里——除了日常的生活费外，还有孩子们的学费。而他和妻子辛苦一年的收入，在交付完这些费用后，也便所剩无几。显然，令整个家致贫的原因并非男主人不聪明、不勤奋、不努力。他感慨道："现在种地实在不容易！人口多，耕地少，又缺水！"1984 年，村里实行家庭联产承包责任制时，他家只分得了 4 亩多地。后来，家里的人越来越多，兄弟们便只好再次分地。最终，他只分得了

1 亩多地，而且水田少，旱地多。因为缺水，以前一年可种两季稻，现在只能种一季。他和妻子在地里忙碌一年，收入甚微，但若彻底放弃，又总觉不甘心——地是农民的根本之所在；离了地，好像人没有了灵魂。然而，种地的收入又入不敷出，故而地成了鸡肋，食之无味，弃之可惜。

在地里再怎么折腾，都不可能折腾出更多的钱来，可家里的开销却一样都减不了。为补贴家用，他便到镇上的服装厂去打工。他干的是车工，工资以件来计算——活多的时候，他一个月能挣上个两三千元；但活少的时候，就一分也没得挣。老婆除了料理家务和照顾孩子外，还利用空闲去厂里做杂工，干些剪线头之类的活计，能挣一点是一点。在服装厂已打了 20 多年的工，他完全算得上是个熟练工。如果公平镇的服装产业能一直延续 20 世纪 80 年代的红火，他家的日子也不会一下子落入窘境。这几年，服装市场整体不景气，外单订货量大幅减少，这些和国内原材料成本上涨、劳动力成本优势减弱等都有关系。没有订单，工厂就不开工；工厂不开工，工人就没钱赚。现在，失业后的张炳辉处境尴尬——这个时候想转行，实在是困难！应该学点什么呢？让他把在服装厂学到的技能忘得一干二净，再去学别的技能，并不是一件容易的事；可是，若让他去建筑工地之类的地方干活，他已不再年轻，无法和别人拼体力。如今，这对夫妻即便胼手胝足地忙碌，日子还是紧巴巴。

然而，办法总比困难多！ 2016 年之后，原本陷入忧郁的张炳辉，一下子变得开朗起来：“种地！种地！种地！”原来，在国家的扶贫政策中，有一项是“以奖代补”——贫困户无论是种地或打工，在年底都会按比例进行奖励。开始，他在心里还有些犯嘀咕——真的会奖励吗？扶贫工作队给贫困户免费发放袁隆平培育的杂交水稻品种，且发动贫困户连片种植超级水稻。在种植前，扶贫工作队还对贫困户进行专门的技术培训。2017 年，当张炳辉领到 4000 元的补助后，心里暖洋洋的，浑身舒坦！自己的地自己种，种了后收成是自己的，国家还能补助这么多钱，这是多么好的事！于是，他和妻子商量着来年要多种一点地，妻子忙不迭地点头同意。到 2018 年年底时，他领到了 7000 元的补助。对这个家来说，这些补助真是春风化雨，来得正是时候。此刻，是这对夫妻最为艰难的时段——若再熬几年，孩子们毕业后都工作了，他家的日子便会真正地好起来。

陈路波书记说：“村里有不少像张炳辉这样积极就业的贫困户。从 2016 年到 2019 年，村里发放的‘以奖代补’奖金有 100 多万元，这对贫困户来说是实实在在的帮助。”他还说，“针对白山村集体经济较为薄弱的状况，龙岗区财政注资 200 万元，入股建设海龙投资大厦项目，以确保村集体每年不低于 10 万元的分红；此外，还将 66 户有劳动能力的贫困户组织起来，每户投资 2 万元，入股海丰县的红色旅游项目，每户每年可分红 1400 元；又投入 20 万元，委托镇政府统筹公平镇的产业扶贫项目，以每年不低于 8% 的收益分红。”为了推动传统农业由粗放型向集约型转变，扶贫工作队还帮助村里成立了合作社，筹集资金购买了一台耙田机、一台挖掘机，并将村民生产的优质农产品销往深圳等地，让村民增加收入。

长日将尽，暮色四合。离开白山村后，车子又驶出了公平镇。乡村小道旁的低矮山峦，渐渐地隐退到车窗后面，只剩下一道道蓝紫色的轮廓。平缓的田野、窄窄的乡道、戴草帽的农人、亮着灯的屋舍从你的眼前消失了。当你离开这些景色时，好像离开了一片古老的大地。你突然意识到，你那样喜欢乡村生活，原因是你长久地居住在城市中。事实上，出现在你眼里的乡村，是和城市进行比对后的乡村，而这种景致在农民眼里，会呈现另一种意义。对农民来说，乡村不仅代表家园、家族和根系，还代表缓慢、滞重和禁锢。为了能获得丰收，他们便不得不适应各种约束，所以，他们比你更了解孤寂与单调的滋味。

在穿过了一片又一片的幽黑地带后，前方出现了密集的灯光——县城到了！夜幕下的海丰城像个大集市，到处都闪烁着霓虹灯，涌动着喧嚣的车流，拥挤着熙攘的人群。忙碌了一天，人们在大排档喝碗麻鱼粥后再归家。虽然已是 12 月底，但习习的夜风却显得格外舒爽。你思忖——城市代表着人类文明最复杂、最精纯的面貌。在如此之小的面积上，却集中了如此之多的人口，令城市像一个热烘烘的大熔炉。城市如此广袤，任何人都可在这里过上隐姓埋名的生活，而不为邻居所知。对城市人来说，每个人都是单独的个体，都局限在自己的家庭和职业中，而不与周围的环境发生密切联系。

与此相反，每一个村庄都貌似一个单独的小宇宙，但生活其中的人们却紧密地相互勾连着。人们在乡村的生活虽然缓慢，但古老的传统并没有完全解体，依旧存在着强大的影响力。在乡村，人们彼此看着长大，知根知底。任何一个陌生人的到来，都会被村民即刻辨认出来。春耕、夏耘、秋收、冬藏——村庄的时间谱系和城市完全不同。村庄的时间要聆听天空和泥土的讯息；而城市的时间，却被路灯和空调所掌握。村庄里的万事万物——农舍、庄稼、祠堂和各种礼仪，都经过了许多世纪的演化，已达到了某种完美而和谐的境地；而城市还像个少年，处于正在发育的阶段。村庄的表面看起来像一个迷宫，但内部却有着清晰的规则，就像那些铺展在大地上的农田，虽然每一片的结构都各不相同，但许多块田地拼凑在一起，却能形成一件完美的百衲衣。

白山村村民张炳辉（左二）向作者（左一）盛赞“以奖代补”政策好，这项政策让他对生活充满了信心。

大化村

赤坑镇位于县城的东南部，此镇名字的由来源于大革命时期（1924 年至 1927 年），这里是赤卫队活动的中心。为纪念赤卫队对人民的赤胆忠心，故而将这里定名为“赤坑镇”。你要到达的大化村，是汕尾供电局对口扶贫的一个村。你发现乡间小路上车辆甚少，而在每一条小路之后都有另一条小路等待着，这些路看上去并没什么差别。窗外的景色是岭南的隆冬，却更像西北的初秋。树木好像在奔跑，而草丛在阳光的炙烤下，呈现一片黄红色。每隔一段时间，就会有一座村庄豁然出现，展示出一幅岭南乡村水墨画——低矮的农舍，小块的农田，蜿蜒的河流，戴草帽的农人。

你终于来到了大化村。驻村队长、第一书记张立业是个身量适中、五官分明的中年男子，鼻梁上架着眼镜，脸上浮现着温和的笑容。原本，他是名供电局的干部，如今，却被村民们亲切地称为“草帽书记”。当你跟着他行走在村子内部时，看到这里田野舒朗，树木苍翠，巷道干净，广场开阔，一排排路灯像士兵般伫立。张书记笑着说：“村里以前可不是这个模样。”据他介绍，大化村是广东省的省定贫困村，不仅位置偏远，而且基础设施落后。扶贫工作队先后筹集资金 95 万元，不仅修建了交通水利等基础设施，解决了河溪沟渠淤积堵塞、臭不可闻、时常泛滥的问题，还完成了村内雨污分流的问题，又对村前人行道进行了改造，并对村外立面进行了粉刷，拆除了老旧电线杆，改造了62盏路灯，安装了太阳能路灯22枚，这才让整个村庄的面貌焕然一新。工作队还协助发动乡绅乡贤捐款，筹集资金近140万元，完成了中山文化广场的建设。

大化村共有700多户，其中的103户为贫困户，而有劳动能力的贫困户有71户。从2016年至2019年，扶贫工作队为村里筹集各项资金约750万元，大大推动了村里的经济发展。三年内，扶贫工作队共申请政府危房改造补助资金120多万元，完成危房改造40户；2018年获得大病救助贫困户人员34人，获得医保报销资金100多万元。截至2018年，贫困户人均可支配收入达9500多元，基本解决了“两不愁三保障”及饮水安全问题。到2019年年底，所有的贫困户已全部脱贫。

以前的大化村不仅经济力量薄弱，而且产业结构单一——蔬菜种植和家禽养殖处于零星状态，而水稻农田则抛荒很多，基本没什么像样的产业。现在，村里的经济呈现“百花齐放、满园争妍”的状态。扶贫工作队因地制宜打造“一村一品”，促成了海丰县勤致种养专业合作社、智慧农业、礼扬腐竹生产基地投资、袁隆平水稻等40多个项目的诞生。自2016年以来，扶贫工作队先后为贫困户购买袁隆平杂交水稻种子，共免费发放稻种2000多斤；通过与专业农业公司达成协议，为农户提供技术指导与培训，拓宽村民“稳粮增收”的渠道；引导村民种植甜瓜、番茄等经济作物，协助农户饲养、销售特色产品，譬如走地鸡、散养黑猪等，激发农户的内生动力。

在主干道旁岔出了条沙石小路，路旁挺立着一棵硕大的榕树，枝干繁密遒劲，树叶浑圆招摇。树旁的那栋姜黄色小楼，看着十分簇新，为乡野景致增添了几分现代气息。那熠熠闪光的牌匾——海丰县勤致种养专业合作社——是 2019 年 11 月挂起来的。看到“合作社”三字，你变得兴致盎然。这个词你并不陌生——早在 20 世纪 80 年代，你就已经知道了它。现在，它又回来了！如今，它的内涵已发生了变化——它不再是旧事物，而成为新模式。过去的合作社是计划经济体制下的集体经济，如今的合作社是社会主义市场经济体制下的个体经济。现在，合作社像连心桥而不是独木桥，把一盘散沙的农民们组织起来，让大家抱团取暖，协作发展，而不是等、靠、要。

事实上，这个农业合作社是海丰县 708 个合作社中的一个。原来，海丰县一直在大力推进现代农业的发展。县里非常重视产业园区建设——县里将发展重点聚焦在优质稻、蔬菜、水果、茶叶、畜禽、水产养殖这 6 大生产基地，投入资金 22804 万元打造海丰蔬菜省级现代农业产业园，建成了智慧农业云平台、蔬菜雾化栽培科技园、蔬菜植物工厂等科技含量较高的现代农业设施，促使现代蔬菜生产体系、经营体系逐步完善；海丰县还投入 1400 万元，推进“一村一品、一镇一业”的发展——组织各镇（场）积极申报镇级特色农业产业，抓好招商引资，优化发展环境，通过龙头企业带动，结合当地优势，形成特色产业带和优势带，着力打造好海丰蔬菜、黄羌金针菜、联安有机米、公平花生、坑口芋头等一批特色品牌；海丰县注重培育发展新型农业经营主体——累计培育了1265个农业龙头企业、农民专业合作社、家庭农场等新型农业经营主体，其中农业龙头企业71个，农民专业合作社708个，家庭农场486个。

推开合作社的大门，一个现代化的展示大厅赫然出现。你在这里看到了各种土特产：水稻、番薯、鸡蛋、腐竹、蜂蜜、线辣椒、走地鸡、狮头鹅等。事实上，农业生产充满了风险——只要某种产品出现一次滞销，那么，农民一整年的辛苦就会全部白费。如何让农产品既能卖出去，又能卖出个好价钱？扶贫干部们给出的解决方案是，合作社将农户种植的绿色有机农产品进行收购后，再通过加工和包装，在网上销售，省去中间流通环节，让优质的农产品从田间地头直达消费者餐桌，让农民从“丰产不丰收”的魔圈中跳脱出来。

你看到合作社门前的田地很特别——每一块都用田埂分隔成长方形，且竖着大大的牌子。你凑近一看，上面写着“勤致智慧农业A区7号地”，而地里长着叶子油绿的生菜和卷心菜。原来，在这15亩的“智慧农业”项目中，种的都是消费者预订的蔬菜。你想起十多年前，游戏《开心农场》风靡网络，成为那一代人的记忆。为了体验丰收带来的喜悦，不少玩家还起早贪黑，为菜园浇水、施肥、捉虫，甚至去偷菜。可惜，那种行为只能停留在虚拟世界。2019年11月11日，“智慧农业”项目在大化村正式启动——这是扶贫工作队与阿拉丁智慧创新实验室联合开发的交互平台，最终的目的是实现互联、控制和增收。城里人每月花一两百元就能拥有一块属于自己的菜地，既能让孩子学到农业知识，又能让家人吃上放心的绿色食品！张立业书记介绍——平台通过集成传感器技术和无线控制技术，彻底实现了“实地实景”“可视可控”等创新效果。线上用户的播种、种菜、收获等全过程都能与线下商家的实际农田劳作相对应，让都市人能瞬间“穿越”到田园。用户通过手机可远程为农田浇水、施肥、除草、收割，并通过摄像头实时查看果蔬的生长情况。这种做法，还让农民避免了种好的菜没人买的风险，将村民从农业传统的种植模式中解放出来，让贫困户实现真正的脱贫致富。

大化村的“智慧农业”将村民从农业传统的种植模式中解放出来，
让贫困户实现真正的脱贫致富。

大化村农业合作社里展示架上整整齐齐摆放着特色农产品。

在那间普通的平房正门上，贴着“吉星高照”——这是孙贤在的家。虽然屋内的空间不算大，但墙壁刷得相当洁白。当上午 10 点的阳光从小窗投射进来后，整个房间璀璨而明亮。你注意到这间屋子和你在岭南乡村所见的屋子差不多，但就是那墙白得有些异常——好像昨天才刚刚粉刷过。然而，那石灰粉却并不均匀，有的地方深，有的浅。这屋子可谓“麻雀虽小五脏俱全”——客厅里摆放着木质沙发、木质高低床，而木桌上放着电视和电饭煲，墙上则挂着老式日历，房梁上挂着吊扇；卫生间虽然面积很小，但安装有洗手池和淋浴器；厨房的煤气灶上，是一口大锅。除了窗户稍显小之外，这间屋子和城里的楼房大同小异，没什么差别。

男主人看起来比实际年龄要年轻得多——虽然皮肤黧黑，但眼睑的轮廓却格外清晰，暗黑的瞳眸闪闪发亮，嘴唇厚实而有弧度。他梳着三七开的分头，穿着件白色长袖衬衫和黑长裤。虽然在额头、眼角和脸颊处有些许皱纹，但整个面部刮得干干净净。最让你难忘的便是他的眼眸——那是典型的广东人的模样——深深地凹陷下去。虽然你在新疆时见惯了维吾尔族人和哈萨克族人的模样，但这个男人和这些少数民族人的模样又有不同。等他开始讲述时，你听到了一股浓浓的粤味普通话。

原本，他应和村里人过着相似的生活——侍弄那几亩地，到了年底，将水稻和番薯卖出后可收入 6000 元左右。然而，这种生活模式却发生了改变。1987 年，孙贤在结婚了，但他没有发现老婆是个脑膜炎患者。虽然她看起来身量不高，但却是好手好脚的模样。婚后，做丈夫的才大吃一惊——妻子不仅经常头晕、头疼、发热、恶心，还呕吐。到医院一检查，发现她早已患有脑膜炎。疾病让这个家的日子蒙上了一层阴霾——妻子既没有劳动能力，又无法干家务，故而里里外外的事都要丈夫一肩挑；而且，妻子长年看病吃药，还要支出一大笔费用。

在 2016 年时，当扶贫工作队进行贫困户的调查时，发现老孙家的问题很大。男主人已不再年轻，无法胜任高强度的重体力劳动。妻子有病，无劳动能力。3 个子女虽然都 20 多岁了，但情况不容乐观——儿子干的是不锈钢加工的活，每月能有 3000 元收入；大女儿和小女儿干的都是销售，每月有 2200 元的收入。这些工作都是临时性的，所以他们的收入很不稳定。故而，孙贤在的家被核定为贫困户。

针对他家的情况，扶贫干部们设计了特别的帮扶计划——鼓励子女们尽量能干一份稳定的工作，不仅能维持自己的生存，还能补贴点家用；老孙的年龄偏大，不适合干地里的活，但可以搞养殖。“饲养走地鸡是个不错的活，既不用耗费太大体力，又能有相当收入！”可老孙缩手缩脚：“卖不出去怎么办？”干部们给他打气：“你只管养，我们来帮你卖！”于是，老孙安下心来，搞起了走地鸡的养殖。果然，等 200 多只鸡养成后，干部们帮他联系销售，一只鸡能卖到 100 元，一年便能收入 2 万多元！三年下来，干部们已帮他销售了将近 700 只鸡呢！

除了卖鸡的收入外，因父亲和子女们都在工作，故而他家在 2017 年时获得“以奖代补”的奖励 5000 元，2018 年时有 8000 元；再加上村里扶贫项目的分红 1000 元，县红色旅游项目的分红 1400 元，老孙集腋成裘，很快就甩掉了“穷帽子”。他的心里一直揣着个小梦想——将旧房子翻新一下。而现在，说干就干！现在，你看到的房子不仅墙壁雪白，而且客厅和卧室铺了瓷砖，连卫生间的四壁都嵌上了瓷砖，而这些工程，才花费了 1.3 万元！看到你大吃一惊的模样，他指着墙壁说：“那些都是我自己买涂料刷的！”顿了顿，他补充说道，“暗房子里住的都是发愁的人！”

陡然间，你被这句话给击中了——虽然这是一句相当普通的话，但蕴含着岭南人所特有的机敏与幽默。他一定要粉刷房子，哪怕不专业，也要让墙白起来。因为，他不想发愁！显然，这栋簇新的房子带给他的，是一种强烈的成就感！所以，当他在描述自己的生活时，态度显得那样积极。饲养走地鸡启动了一个良性循环，而在最初的时刻，鼓励他不要害怕付出的声音显得尤为重要。

大化村村民孙贤在终于实现了梦想——将旧房子翻新。
他将房间墙壁刷得雪白，客厅和卧室铺了瓷砖。

礼扬腐竹厂是扶贫工作队引进广东礼扬农业科技有限公司的精准扶贫项目，采用“公司+村集体+农户”的新模式。截至2019年年底，汕尾供电局已累计拨付捐赠资金90万元用于该产业项目，而大化村村委会已通过“保底分红”的方式参股，2018年年底收入首批分红15万元。这个厂于2018年年初正式投运，随即还举办了大豆机械化种植技术暨农业产业项目现场会。现在，腐竹厂年均产量10万余斤，提供公益性岗位约30个（主要给留守家庭妇女和贫困户，每年可收入2万多元）；同时还带动了村里的黄豆种植、黑猪养殖等产业——有20余户贫困户每年种植黄豆60余亩；村民可将黄豆卖给腐竹厂，还可到厂里来上班，又可利用豆渣养鸡、养猪；当厂里的分红汇入村集体账户后，又增强了村子的“造血能力”！

事实上，制作腐竹是项技术活——将黄豆晒干、去壳、浸泡和磨浆后，要煮沸成浆水；再通过沉淀，让表面结出一层米黄色的腐皮；用手在腐皮的中间轻轻一拈，腐皮就被滴滴答答地拎了起来；沥干后的新鲜腐竹吊挂在竹竿上，形成一个个三角形的金色盾牌，散发出迷人的豆香；它们用力地吸收太阳的能量，让自己变得干爽，最终甚至有了饱经风霜的模样。目睹那吊挂在院子外的一排排腐竹时，你想起了在新疆的吐鲁番见到的那一幕。在戈壁滩的深处，有一条雪水河从山谷里蜿蜒流过，在谷底两侧便形成了葡萄林。而在那些绿色植物的旁边，伫立着一些墙壁有漏洞的屋子——那是专门用来晾晒葡萄的晾房。现在，你觉得腐竹和葡萄干都表皮发皱，有着异曲同工之妙。通过这两年的努力，“礼扬山泉腐竹”已荣获“汕尾市名牌农产品”称号，而这个厂也被评定为汕尾市农业龙头企业。

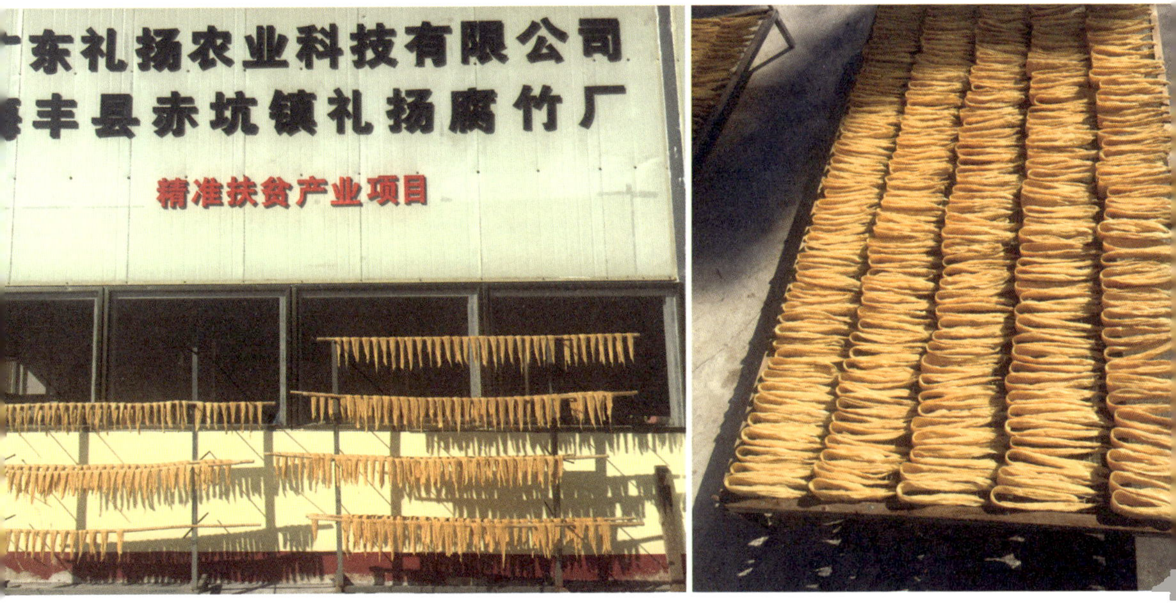

位于海丰县赤坑镇大化村的礼扬腐竹厂，整整齐齐码放在架子上晾晒的干腐竹条，在阳光的照耀下泛着金色的光芒。

穿过狭窄的巷子，你来到了一片住宅区。只见一排排平房整齐地并列着，像一艘游轮上的客舱——每一间屋子的规模都差不多，看起来十分相似。孙后船的家位于临近街道的那一间——外墙贴了瓷砖，室内的地面也铺了瓷砖。正对着大门的是客厅，摆放着木质沙发、茶几、柜子、电视等，墙上挂着钟表、应急灯和红色的中国结；墙角立着个木佛龛，内里供着观音像。

42 岁的孙后船像个运动员——身材矫健，动作灵敏。他穿着灰色长袖 T 恤和蓝色牛仔裤，黑皮鞋擦得干干净净。他的模样显得十分可亲——那头乌发下是张洋溢着笑容的脸。看得出来，他是个性格爽朗而乐观的人。甚至，连他的声音都显得格外清脆——他说话的语速较之常人要快一点，且用词十分准确，还藏着一丝俏皮和诙谐，但又不失分寸。这个男人，如果不是因为左眼有残疾，实在是个俊朗而讨人喜欢的人。然而，命运对他却显现了异乎寻常的残酷性——因为左侧眼皮耷拉着，所以，在他左眼周围的肌肉都有些扭曲。于是，他的面孔呈现一种古怪的效果——左脸丑陋而狰狞，右脸却英武而俊俏。然而，他却有着和肉身不配套的灵魂——那样乐观！那样充满活力！绝不轻易言输！这种状态让你也感到欢欣——也许肉体的缺陷并不吓人，而人们若是对自己毫无期待，那才是真正的吓人。

“我刚出生的时候是能看见的！”他用强烈的口气陈述着这个事实。然后，他捋了捋情绪，开始讲述自己的前半生。出生 4 个月后，他的左眼突然失去了光明，眼皮亦塌陷了下来；而就是在这个时候，他的母亲因病撒手人寰。一只眼睛失明和丧母，都发生在他还是个婴儿的时期，这是怎样痛心的惨烈之事！他是如何度过童年的，他并没有太多谈及，而是略略地一句带过。可是，你只要稍微用心地想一想，就会觉得这男人是在挣扎中活下来的。他的父亲既要忍受中年丧妻的打击，又要担负起抚养残疾婴儿的责任，一定会心情郁闷、无比狂躁吧？

7岁时，父亲和另一个村的女人结了婚后，自己也去了那个村。临行前，父亲将他过继给了大伯。初中没毕业，他便开始下地劳动。很快，他就对地里的各项活计都十分谙熟。等他长成一个青年时，大伯张罗着给他娶媳妇。和妻子结婚时，他并不知道她有病。事实上，这个女子和他的情况恰好相反——她好手好脚，面孔端正，走路、吃饭都没有问题。但她的脑袋会像电脑主板经常短路般，一下子就黑屏了。虽然已生了两个儿子，但妻子的精神一直处于时好时坏的状态。清醒时，她像一个正常人；犯病时，她像是被恶魔附体，不仅大吼大叫，还会奋力打人。若是做丈夫的挨上几下拳脚倒也罢了，只是有时，妻子会在半夜里暴揍孩子。每一次，当他已睡得十分深沉时，听到哭嚎声如雷声炸裂，便赶忙跳起来。现在，妻子一个人睡一间卧室，而他和两个儿子一起睡。他摇摇头：“没办法！怕孩子挨打啊！”

这个家似乎已落入了“疾病陷阱”——丈夫残疾，妻子精神有病，两个孩子都未成年。家里的全部开销，靠丈夫一人种地所得支付。他是无法出门打工的，他有自知之明：“我这个样子是不能出门的，但我可以把所有的气力都放在地里面！”他发狠地种了十几亩地，每天都早出晚归地耕作，但是日子过得依旧很是艰辛。别的男人在外面劳动后，回到家可以吃上老婆做的热饭，可他却享不了这个福。回到家，他还得挽起袖子做饭。在干完家务活之余，他还要照看年幼的两个儿子和年长的大伯。你惊诧万分！在这样的高压生活下，他居然没有半点戾气，反而爽朗、乐观，真是奇迹！

如果没有残疾补助，没有助学补助，这个家的日子一定会非常困难。然而，当政府提供给这个家一把“梯子”后，他们便从可怕的“贫困陷阱”中慢慢地爬了上来。现在，他家一年有3000多元的残疾补助；全家每月有900元的低保补助；13岁的大儿子在上小学，一年有3000元生活补助。这些钱在城里人看来不算多，但能维持这个岭南乡村之家的日常生活。最为难得的是，虽然孙后船被核定为“无劳动能力的贫困户”，但他身残志坚，决不让生命白白荒废。当扶贫干部们看到他比那些好手好脚的人还爱干活时，便将村里的一些公益工作——锄草、搞卫生、清洁水渠等——都让他来干，让他挣点零用钱。

他的小儿子才3岁，有着一头软软的黑发，两只眼睛又黑又亮，小巧的嘴巴很是红润，甚为机灵、可爱。这孩子在灰毛衣外套了件黑色马甲，下身是蓝色牛仔裤和运动鞋，和城里孩子的衣着并无二般。当他要去地里干活时，总会央求邻居帮忙照看一下孩子；有时邻居有事，他便带着儿子去下地。孩子既聪明又懂事，甚至学会了挖地！在父亲的手机视频里，你看到那个小孩举着个小锄头，正认真地朝地上挖去。他的样子那样认真，绝对是在帮助父亲，而不是在玩游戏！这个小男孩，原本应在幼儿园小班里学习，可现在，却像个勤劳的农民般举起锄头。他手脚并用，腰杆挺直，真心实意地要给父亲帮忙。你看着那视频直发笑，可笑着笑着，总觉得眼角发酸、发涩。唉！命运对这家人如此苛刻，可他们却从未抱怨，反而坦然接受，并尽力适应与改变。这些最平常、普通的人，就像那些田野里的泥土，毫不起眼，却是撑起整个世界的基石。他们应该过上更好的生活！他们配得上更好的生活！

大化村村民孙后船的小儿子才 3 岁，却格外懂事，从不调皮惹父亲生气。

落日照耀着毗邻南海的这片原野。当汽车将河流、田地、农舍和树木都抛在后面时，落日并没有抛弃它们，它依旧照耀着那蜿蜒的小溪，那积水的池塘，那被杂草簇拥的香蕉林。黄昏的水面像一团烈火，在燃烧着最后一道光束。落日让小村变得像宽银幕电影，像一个乌托邦世界，像一幅绚烂至极的油画。你喜欢目光所及的这些景致，更喜欢生活在景致里的这些人——他们如这田野般淳朴而厚实。

在县城的夜晚，你整理着采访笔记，思忖着这一路的所见所闻。显然，海丰县的乡村产业发展已取得了一定成效——全县形成了6大农业产业基地，培育了一批农业新型经营主体，打造了一些农业品牌，在脱贫攻坚和乡村振兴中起到了很大作用；但依旧存在着问题。首先，县里目前还是品牌少、效益不高，处于“有产业无效益、有主体无规模、有产品无名牌”的状态——全县的主导产业以粮食为主，经济效益不高，而规模体量大、产业链条长、科技含量高、带动能力强、就业门路多的产业项目，尚在培育之中；其次，新型经营主体的数量虽超过千家，但规模普遍不大，带动能力不强——虽然拥有100多个“三品一标一名牌”，但名牌效应并没有真正地拓展开，市场竞争力也不算强；最后，乡村人才支撑不充分——随着新型城镇化进程的加快，农民群众洗脚上田，致使乡村人才流失严重，返乡创业的氛围不浓，留守劳动力多以妇女和年老体弱者为主，文化素养和技术能力都不能适应现代农村发展的要求。凡此种种，都亟须海丰在未来的时日里得以解决。

海边小村的新变化

从海丰县城来到汕尾高铁站后，你体会到了一种强烈的不适——你需努力调整身心，才能适应那闪烁着红字的电子屏幕，那一排排的钢架座椅，还有那缓缓上升的扶梯——这一切都充满了后现代的简约风格；而这一切，都和你此前目睹的乡村景致大相径庭。一个多小时后，你从汕尾来到东莞的虎门高铁站。另一种不适扑面而来——汹涌的人潮，嘈杂的声响，迅疾的脚步。你努力地喘着大气，试图让自己的心情与眼前的场景建立起一种正常的对应关系。事实上，你在整个采访的过程中，不断地进行着这种调整。你已明明白白地意识到——刚刚离开的世界和你现在到达的世界，完全是两个世界。

在离开了海丰后，你最想说：谢谢。你所拜访过的那些贫困户，并不是游手好闲之徒，一天到晚无所事事地等着拿救济；相反，他们完全是一些和我们一样的人。虽然我们并不穷，受过良好的教育，见多识广，但事实上，我们和他们之间的差别并不大，因为我们的认识比我们想象中的要少得多。我们真正的优势在于，很多东西是我们在不知不觉中获得的，而贫困户则需要通过不断的努力才能获得。你所到达的那些家庭，全都热情而礼貌地接待了你；

你所目睹的那些男人，无论是中年或老年，都肌肉结实，皮肤黧黑，可以胜任各种体力劳动；你所促膝谈心的那些女人，也都心灵手巧，充满了母性的奉献精神。这一切都让你感到惊诧！

虽然你不是一个人前往——有当地的朋友带着你去——即便这样，走进一户陌生人的家里，询问他家的人员构成、过往经历以及经济收入，其实都是一件非常冒昧的事情。然而，他们全都耐心地回答了你的问题，且毫无保留；他们甚至还允许你走进厨房和卫生间参观，根本不介意你会看到什么；他们也从不回避自己遇到的难题，总是在努力寻找机会，以期改变。在你所到达的这些家庭里，没有任何一家充斥着怪味，没有任何一个人衣衫褴褛，也没有任何一个小孩处于失学状态。虽然他们暂时不富裕，但这并不妨碍他们营造温馨的家庭氛围，也不妨碍他们在接待客人时得体而富有人情味。他们并不觉得生活有多么糟糕，依旧怀着“我可以努力让它变好”的热望。

现在，你想说的是，所谓的“贫困户”，并没有被病痛的惨淡愁云所压垮，也没有因为失业或各种意外而充满戾气。在运用国家的扶贫政策时，他们显得非常灵活。在你所拜访的那些人家中，几乎所有的人都新盖或翻修了自己的房子。他们知道国家补助的 4 万元肯定不够，但有了这些钱作助推，便点燃了他们心头的那把火。于是，就是借点钱，就是以后的日子紧巴点，也要先把房子搞好——房子不仅仅是一栋建筑物，还是他们的家，他们的希望之所在。当然，他们会根据自己的偿还能力，来决定建造房子的花费，而绝不会让自己陷入窘困。在你所拜访的人家里，虽然家家户户都很穷，但家庭体制却没有因此而解体，人们的精神也没有因此而崩溃。相反，困难让家人们更加紧密地团结在一起，互相取暖。

你发现，所谓的“贫困户”，其实就是那些最普通的人，只是在他们的肩头，扛着一座无形的小山。无论他们在干什么，都承担着一般人想象不到的压力。有时，那压力几乎要超过他们身体的负荷。而在这个时候，若有人能拉扯他们一把，便显得非常重要。然而，国家的扶助政策主要是为了激发穷人的潜能，而不是大包大揽，宠坏那些懒惰的穷人。国际社区援助基金的执行官约翰•凯奇曾说过：“给贫穷社区一些机会，然后就放手。”事实上，能够想象出穷人未来的，只有他们自己。只要给了助推力，他们便会充满创新精神，努力让自己富裕起来。

坐在东莞家中的书房里，你的思维依旧停滞在那个海边小城。思忖良久，你恍然醒悟——你在海丰乡村所度过的那些时日，多么接近一种理想主义的状态。那里是中国革命起始的地方，是星星之火开始燎原的地方，是初心萌动乃至发芽的地方。海丰之行后，你发现自己的心态和眼光都发生了很大的改变——现在，当你目睹东莞的那些高楼大厦时，并不觉得它们是一种孤立的存在，反而认为这些建筑物，和100年前彭湃在海丰龙舌埔广场点燃的那把火息息相关。你在这次旅行中获得了一种“反启示”——你原来认为自己所处的世界是完整无缺的，可现在，你意识到这世界不过是更为广大世界的一个局部。从某种意义上说，海丰大地的那些红色村庄，就像花朵之下的根系，我们的这个世界离不开那个世界的滋养和哺育。

暮色中，你好像看见了 1923 年的彭湃在他的“得趣书室”里写作——他只有在很晚的时候才有写作的时间。那时，他绝对不会想到，有朝一日自己的雕塑会伫立在红场上，任游客观赏；那时的他，内心里正涌动着强烈的风暴，试图探究农民受穷的秘密。刚开始下笔时，他还有些迟疑；但渐渐地，他变得兴奋起来；由于兴奋，他甚至停下了笔，起身在屋里走来走去。他的自信心是一点一点建立起来的。等再回到书桌前时，他的头脑变得无比清晰——他再次书写起来。在“得趣书室”的外面，龙津河正蜿蜒流过，而河岸边则丛生着榕树、香蕉树和荔枝树；天空挂着一轮圆月，照耀着白墙黑瓦的农舍；一只只有着长腿、长颈的白鹭凝立在河滩，宛如一个个白色的感叹号！

1929 年，因叛徒出卖，彭湃在上海被捕后就义，年仅 33 岁。彭湃牺牲后，作为他曾经的战友，周恩来沉痛地写下悼词：“他曾经领导海陆丰几万农民，开始中国农民反抗地主剥削的革命斗争。他这样英勇的革命斗争的历史，早已深入全国广大劳苦群众的心中，而成为广大群众最爱护的领袖。谁不知广东有彭湃？谁不知彭湃是中国农民运动的领袖，土地革命的忠实领导者。” 跨过乡土中国的所有旧痛，现代化的车轮从未停止。在最近的这 40 年里，变化实实在在地来到了中国大地。那个彭湃想象中“让所有农民都能有田种、有书读、有房住的世界”，如今，已赫然实现！

不知从哪里传来牧童的歌唱，声音是那样的清晰而响亮——

冬呀！冬！冬！冬！
田仔骂田公：
田仔耕田耕到死；
田公着屦食白米！
做个颠倒饿；懒个颠倒好！
是你不知想！不是命不好！
农夫呀！醒来！农夫呀！勿戆！
地是天作！天还天公！
你无份！我无份！
有来耕，有来食！
无来耕，就请歇！

尾 声

EPILOGUE

南海风更疾

中国的扶贫工程不仅复杂而浩大，且无前例可循，遇到问题只能靠自己解决。然而，中国人有中国人的智慧！以前，让所有贫困户“一个都不落下”地全部脱贫，是件根本无法想象的事情；如今，让全国所有的贫困人口实现脱贫，让全国所有的贫困村都摘掉“穷帽子”的奇迹，不仅成为中国历史的首创，而且在国际上也是第一次！如今，千年梦想得以实现，而这，正是从大国走向强国的中国给予全世界的一份礼物！

位于南海边的广东省，是改革开放的前沿阵地，曾勇立潮头引时代风潮，如今，在精准扶贫这场攻坚战中，又交出了一份特殊的答卷——它有省内和省外两个战场！截至 2020 年 6 月 30 日，广东省有劳动力相对贫困户的年人均可支配收入达到 14331 元，现行标准下

161.5 万相对贫困人口和 2277 个相对贫困村全部达到脱贫出列标准；同时，广东省还帮扶广西、四川、云南、贵州四省（区），14 个市（州），93 个贫困县，让 379.2 万人也脱了贫！

“岭南万户皆春色”——900 多年前，当伟大先贤苏轼来到岭南这片热土时，欣喜地写下了这样的诗句。然而，让万户人家不仅沐浴在“自然的春色”中，而且沐浴在“幸福的春色”中，这个梦想直到现在才得以真正实现。

潮起珠江口，梦圆南海边！

本书未署名图片均为作者提供